Viagens Extraordinárias
Obras Completas de Júlio Verne em 90 volumes

1ª Série
1. A Volta ao Mundo em 80 Dias
2. O Raio Verde
3. Os Náufragos do Ar - A ILHA MISTERIOSA I
4. O Abandonado - A ILHA MISTERIOSA II
5. O Segredo da Ilha - A ILHA MISTERIOSA III
6. A Escuna Perdida - DOIS ANOS DE FÉRIAS I
7. A Ilha Chairman - DOIS ANOS DE FÉRIAS II
8. América do Sul - OS FILHOS DO CAPITÃO GRANT I
9. Austrália Meridional - OS FILHOS DO CAPITÃO GRANT II
10. O Oceano Pacífico - OS FILHOS DO CAPITÃO GRANT III

2ª Série
1. O Correio do Czar - MIGUEL STROGOFF I
2. A Invasão - MIGUEL STROGOFF II
3. Atribulações de um Chinês na China
4. À Procura dos Náufragos - A MULHER DO CAPITÃO BRANIGAN I
5. Deus Dispõe - A MULHER DO CAPITÃO BRANIGAN II
6. De Constantinopla a Scutari - KÉRABAN O CABEÇUDO I
7. O Regresso - KÉRABAN O CABEÇUDO II
8. Os Filhos do Traidor - FAMÍLIA-SEM-NOME I
9. O Padre Joann - FAMÍLIA-SEM-NOME II
10. Clóvis Dardentor

LES ENFANTS DU CAPITAINE GRANT

VOYAGE AUTOUR DU MONDE

PAR JULES VERNE

DESSINS DE RIOU
GRAVURES DE PANNEMAKER

VOYAGES EXTRAORDINAIRES

Viagens Extraordinárias
Obras Completas de Júlio Verne em 90 volumes

1ª Série
Vol. 9

Tradução e Revisão
Mariângela M. Queiroz

Villa Rica Editoras Reunidas Ltda
Belo Horizonte
Rua São Geraldo, 53 - Floresta - CEP 30150-070 - Tel.: (31) 212-4600
Fax: (31) 224-5151
http://www.villarica.com.br

Júlio Verne

AUSTRÁLIA MERIDIONAL
Os Filhos do Capitão Grant II

Desenhos de L. Bennet

VILLA RICA
Belo Horizonte

2001
Direitos de Propriedade Literária adquiridos pela
VILLA RICA EDITORAS REUNIDAS LTDA
Belo Horizonte
Impresso no Brasil
Printed in Brazil

ÍNDICE

Regresso a Bordo	9
Tristão da Cunha	17
A Ilha Amsterdã	24
As Apostas de Jacques Paganel e do Major Mac-Nabs	33
Os Ímpetos de Cólera do Oceano Índico	46
O Cabo Bernouilli	56
Ayrton	64
A Partida	74
A Província de Vitória	81
O Rio Wimerra	89
Burke e Stuart	98
A Estrada de Ferro de Melbourne a Sandhurst	108
Um Primeiro Prêmio de Geografia	117
As Minas do Monte Alexandre	128
Gazeta da Austrália e Nova Zelândia	137
Onde o Major Sustenta que são Macacos o que vê	146
Os Criadores Milionários	157
Os Alpes Australianos	169
Um Lance Teatral	178
Aland Zealand	187
Quatro Dias de Angústia	197
Eden	206

1
REGRESSO A BORDO

Os primeiros instantes a bordo foram consagrados à felicidade do reencontro. Lorde Glenarvan não tinha querido que o insucesso da excursão extinguisse a alegria deste momento. Por isso, disse logo:

— Confiança, amigos, confiança! O capitão Grant não está conosco, mas vamos encontrá-lo!

E bastava esta afirmativa para fazer renascer a esperança nos passageiros do *Duncan*.

De fato, lady Helena e Mary Grant tinham passado muita angústia ao verem a embarcação aproximar-se do navio. Do tombadilho, procuravam contar quantos vinham a bordo. Ora a jovem desesperava-se, ora imaginava ver Harry Grant. O coração palpitava, e ela mal conseguia manter-se em pé. Lady Helena a amparava, enquanto o capitão Mangles, tão habituado a distinguir objetos afastados, calava-se, ao não ver o capitão Grant.

— Meu pai! Meu pai está vindo! — murmurava a jovem.

Mas, como o escaler se aproximasse pouco a pouco, tornou-se impossível a ilusão. Nem bem a embarcação tinha abordado, e todos, inclusive Mary Grant, com os olhos banhados em lágrimas, tinham perdido todas as esperanças, que só renasceram ao escutarem as palavras animadoras de lorde Glenarvan.

Depois dos primeiros abraços, lady Helena, Mary Grant e John Mangles foram informados dos principais incidentes da expedição, e também da nova interpretação do documento, devido à sagacidade de Paganel. Glenarvan também elogiou Robert, de quem Mary não podia deixar de mostrar-se orgulhosa. A sua coragem e dedicação, os perigos que tinha passado, tudo foi exaltado por Glenarvan, a ponto do jovem ficar envergonhado.

— Não deve se envergonhar — disse Mangles, — porque você portou-se como um digno filho do capitão Grant!

Lady Helena sentiu profundamente não poder agradecer o bravo Thalcave. Enquanto isso, Mac-Nabs dirigira-se para o seu camarote, para fazer a barba sossegadamente. Quanto a Paganel, ia de um lado para o outro, colhendo os cumprimentos e sorrisos. Quis abraçar toda a tripulação do *Duncan*, e sustentando que lady Helena fazia parte dela, assim como Mary Grant, começou a distribuição por elas, indo acabar no sr. Olbinett, que achou que a melhor retribuição a esta gentileza seria anunciar o almoço.

— Ah! O almoço, sobre uma mesa de verdade, talheres e guardanapos? Onde não haverá ovos cozidos, nem carne de avestruz, ou sequer carne-seca? — exclamou Paganel.

— Ora, senhor! — replicou o despenseiro, humilhado nos seus sentimentos de artista culinário.

— Não quis ofendê-lo, meu amigo — disse o sábio sorrindo. — Mas há um mês que comiamos assim, estendidos no chão ou enganchados em árvores. O almoço que anunciou pareceu-me uma ilusão, um sonho!

— Tratemos então de verificar se ele é real! — acudiu lady Helena, rindo muito.

— Milorde não tem ordens para me dar sobre o *Duncan*? — perguntou Mangles.

— Depois do almoço, meu caro — respondeu Glenarvan, — discutiremos o programa da nossa nova expedição.

O almoço do sr. Olbinett foi muito festejado, e todos concordaram que há muito não comiam tão bem. Paganel repetiu todos os pratos, "por distração", segundo ele.

Esta observação fez com que lady Glenarvan perguntasse ao amável francês se ele cometera alguma de suas já famosas distrações. Paganel desatou a rir, e narrou com muita graça o fato de ter aprendido português ao invés de espanhol.

— Afinal — concluiu, — há males que vêm para o bem, e não me pesa o erro que cometi.

— Porque, meu digno amigo? — perguntou o major.

— Porque agora eu falo espanhol, e também português. Falo mais duas línguas, ao invés de uma!

— Palavra que não tinha pensado nisso — redargüiu MacNabs. — Os meus cumprimentos, Paganel, os meus sinceros cumprimentos.

Paganel recebeu os aplausos entre uma garfada e outra. Comia e falava ao mesmo tempo, e nem notou um fato, que no entanto não passou despercebido a Glenarvan: as atenções do capitão John Mangles para com a jovem Grant. Um pequeno sinal de lady Helena informou-o de que não se enganava. Glenarvan olhou para os jovens com afetuosa simpatia, mas interpelou Mangles sobre assunto bem diverso.

— E sua viagem, John, como foi?

— Excelente — respondeu o capitão. — Só direi que não tornaremos a seguir pelo estreito de Magalhães.

— Ora, ora! — exclamou Paganel. — Dobrou o cabo Horn e eu não estava presente!

— Grande coisa! — desdenhou o major.

— Egoísta! — replicou o geógrafo.

— Meu caro Paganel — atalhou Glenarvan, — não se pode estar em toda parte, ao mesmo tempo. Se estava nos Pampas, não podia ao mesmo tempo dobrar o cabo Horn.

— Isso não impede que eu lastime o fato — disse Paganel.

Mangles tomou então novamente a palavra, e descreveu sua viagem. Correndo ao longo da costa americana, observara todos os arquipélagos ocidentais sem encontrar vestígios da *Britannia*. Chegando ao cabo Pilares, na entrada do estreito, e achando bons ventos, navegou para o sul; costeou as ilhas da Desolação, subiu até ao grau trinta e sete de latitude sul, dobrou o cabo Horn, passou próximo a Terra do Fogo, e atravessando o estreito de Le Maire, seguiu as costas da Patagônia. Aí, na altura do cabo Corrientes, agüentou grandes tufões, os mesmos que durante a tempestade assaltaram tão violentamente os viajantes. Mas o *Duncan* comportou-se bem, e há três dias que eles aguardavam a chegada de Glenarvan e seus acompanhantes. O capitão Mangles não deixou também de registrar a coragem de lady Helena e Mary Grant, que não temeram a tempestade, só demonstrando receio quanto à situação dos entes queridos que vagueavam nas planícies argentinas.

— Minha querida — disse Glenarvan voltando-se para Mary Grant, ao final do relato de Mangles, — vejo que o capitão fez jus às suas notáveis qualidades, e felicito-me ao pensar que a senhorita gosta da vida a bordo!

— Como podia deixar de ser assim? — redargüiu Mary Grant, olhando para lady Helena e para o jovem capitão.

— Ora, minha irmã tem-lhe muito carinho — exclamou Robert, — e eu também!

— O sentimento é recíproco — replicou Mangles, um pouco perturbado pelas palavras de Robert, que fizeram a jovem ruborizar-se.

Em seguida, levando a conversa para terreno menos perigoso, Mangles acrescentou:

— Já que acabei de contar a viagem do *Duncan*, milorde poderá nos dar pormenores sobre a passagem da América do Sul e sobre as proezas do nosso jovem herói?

Nada poderia ser mais agradável à lady Helena e Mary, e por isso lorde Glenarvan tratou de satisfazer-lhes a curiosidade, descrevendo com ricos detalhes todas as aventuras vividas nos últimos dias. Contou os atos de bravura do jovem Robert, o que granjeou ao rapaz as carícias da irmã e de lady Helena.

Quando acabou a sua história, Glenarvan acrescentou:

— Isto é passado. Voltemos ao capitão Harry Grant.

E todos reuniram-se no salão particular de lady Helena, em torno de uma mesa carregada de mapas.

— Querida Helena — disse Glenarvan, — quando voltei a bordo, disse que embora os náufragos da *Britannia* não viessem conosco, tínhamos agora mais esperança do que nunca de encontrá-los. Do nosso trajeto através da América, voltamos com a convicção de que a catástrofe não se deu nas costas do Pacífico, nem nas do Atlântico. Disto resultou a interpretação errada que fizemos do documento. Felizmente, nosso amigo Paganel, iluminado por súbita inspiração, descobriu o erro. Demonstrou que seguíamos uma pista falsa, e interpretou o documento de modo que não nos deixa mais dúvidas. Peço então a Paganel que nos explique tudo, para que nenhum de nós conserve a menor dúvida a tal respeito.

O sábio tratou então de dissertar sobre as palavras *gonie* e *indi* do modo mais convincente; deduziu com rigor lógico da palavra *austral* a palavra *Austrália;* demonstrou que o capitão Grant, largando da costa do Peru para regressar à Europa, tinha podido, num navio desarvorado, ser arrastado pelas correntes meridionais do Pacífico até às praias da Austrália; finalmente, as suas mais engenhosas hipóteses, as suas mais sutis deduções, obtiveram a completa aprovação do próprio John Mangles, juiz severo em semelhante matéria, e que não se deixava levar pelos desvarios da imaginação.

Entretanto, o major, antes de se dar ordem de seguir o rumo de leste, pediu licença para fazer uma observação:

— Não quero enfraquecer os argumentos de Paganel, e nem mesmo refutá-los; acho-os sérios, dignos de toda a atenção, e devem com muita razão formar a base das nossas investigações futuras. Desejo, porém, que sejam submetidos a um último exame, para que seja irrefutável — disse Mac-Nabs, enquanto todos o observavam com ansiedade. — A coisa é simples, porque há cinco meses, no golfo de Clyde, estudamos os três documentos, e sua interpretação nos pareceu evidente. Nenhuma costa, senão a ocidental Patagônia, poderia ter sido o teatro do naufrágio. Não tinha sequer sombra de dúvida.

— Reflexão justa — ponderou Glenarvan.

— Mais tarde — prosseguiu o major, — quando Paganel tomou conhecimento dos documentos, aprovou sem reservas a nossa projetada exploração da costa americana.

— De acordo — disse o geógrafo.

— E no entanto, nos enganamos — disse o major.

— Nos enganamos! — repetiu Paganel. — Mas para se enganar, basta ser homem, enquanto doido é quem persiste no erro.

— Não estou dizendo que nossas pesquisas se devam prolongar na América — redargüiu o major.

— Então, o que quer? — perguntou Glenarvan.

— Uma confissão, nada mais. A confissão de que a Austrália parece agora ter sido o local do naufrágio da *Britannia*, que há pouco tínhamos certeza ter acontecido na América.

— Confessamos isso de boa vontade — retorquiu Paganel.

— Tomo nota da confissão — prosseguiu o major, — e aproveito-a para levar a sua imaginação a desconfiar das evidências sucessivas e contraditórias. Quem sabe se, depois da Austrália, um outro país não nos oferecerá o mesmo grau de certeza, e se, depois de concluída a nova exploração, não nos parecerá "evidente" que as pesquisas se devam dirigir para o outro lado?

Glenarvan e Paganel entreolharam-se, já que as observações do major eram justas, e dignas de reparo.

— Desejo que examinemos novamente os documentos, antes de seguirmos para a Austrália. Eis os documentos, eis os mapas. Examinemos os pontos pelos quais passa o paralelo trinta e sete, e vejamos se não se encontra algum outro país, de que o documento nos dê a indicação precisa.

— Nada mais fácil — disse Paganel, — porque, felizmente, nesta latitude as terras são poucas.

— Vejamos — disse o major, estendendo o mapa.

Todos então se postaram diante do mapa, para poder seguir a demonstração de Paganel.

— Como já disse — principiou o geógrafo, — depois de atravessar a América do Sul, o trigésimo sétimo grau de latitude encontra as ilhas de Tristão da Cunha. Ora, sustento que nenhuma das palavras do documento pode se referir a estas ilhas.

Examinados escrupulosamente os documentos, foi preciso reconhecer que Paganel tinha razão, e Tristão da Cunha foi rejeitado por unanimidade.

— Continuemos — volveu Paganel. — Saindo do Atlântico, passamos dois graus abaixo do Cabo da Boa Esperança e penetramos no mar das Índias. Aqui, só se encontra o grupo das ilhas Amsterdã.

Depois de atento exame, as ilhas Amsterdã foram rejeitadas, já que nenhuma palavra dos documentos podia aplicar-se a este grupo do oceano índico.

— Chegamos agora à Austrália — prosseguiu Paganel; — o paralelo trinta e sete encontra este continente no cabo Bernouilli; sai dele pela baía Twofold. Irão concordar comigo, que sem esforço podemos interpretar a palavra inglesa *stra* e a palavra francesa *austral* como aplicáveis à Austrália. É tão evidente que não preciso insistir.

— Continuemos — disse o major, que assim como os outros aprovara a conclusão de Paganel.

— Pois bem. Largando a baía Twofold, atravessa-se o braço de mar que se estende à leste da Austrália e encontra-se a Nova Zelândia. Primeiro, vou lembrar-lhes que a palavra *contin* do documento francês indica um "continente", de modo irrefutável. O capitão Grant não pode ter achado refúgio na Nova Zelândia, que é apenas uma ilha. Em todo caso, examinem, comparem, e vejam se os documentos se aplicam a esta região.

— De modo algum — redargüiu Mangles, que examinou tudo minuciosamente.

— Não — disseram os ouvintes de Paganel, e o próprio major, — não se trata da Nova Zelândia.

— Sobre este espaço que separa esta ilha da costa americana, o paralelo trinta e sete só atravessa uma ilhota árida e deserta.

— Que se chama?... — perguntou o major.

— Veja o mapa. É Maria Teresa, nome do qual não acho vestígio nos três documentos.

— Nenhum — acudiu Glenarvan

— Então, meus amigos. Decidam se todas as probabilidades, para não dizer certezas, estão ou não a favor do continente australiano?

— Evidentemente — exclamaram unânimes os passageiros e o capitão do *Duncan*.

— John — disse então Glenarvan, — temos víveres e carvão em quantidade suficiente?

— Sim, milorde. Abasteci em Talcahuano, e depois, a cidade do Cabo irá nos permitir renovar facilmente o combustível.

— Ainda uma coisa — disse o major, interrompendo o amigo. — Quaisquer que sejam as probabilidades de êxito que nos ofereça a Austrália, não seria conveniente atracarmos um ou dois dias em Tristão da Cunha e Amsterdã? Estão situadas próximas da nossa rota, e não nos afastaremos muito do caminho. Saberemos então se a *Britannia* deixou ou não vestígios do seu naufrágio.

— Incrédulo — disse Paganel.

— Incrédulo, não! Penso em não voltarmos pelo mesmo caminho, se por acaso a Austrália não corresponder às esperanças que nos inspira — redargüiu o major.

— A precaução parece-me boa — interveio Glenarvan.

— E não serei eu a dizer algo contra — disse Paganel.

— Então, Mangles, tome o rumo de Tristão da Cunha.

— Agora, milorde — disse o capitão, indo para a tolda.

Dali a pouco o *Duncan* afastava-se da costa americana, tomando o rumo leste.

2
TRISTÃO DA CUNHA

Se o navio seguisse a linha do Equador, os cento e oitenta e seis graus que separam a Austrália da América, ou melhor dizendo, o cabo Bernouilli do cabo Corrientes, valeriam mais de trinta e dois mil quilômetros. Mas no paralelo trinta e sete, estes cento e oitenta graus, em razão da forma do globo, representam apenas vinte e seis mil quilômetros. Da costa América até Tristão da Cunha são cinco mil quilômetros, e Mangles contava atravessar esta distância em dez dias, se os ventos leste não atrasassem o navio. E o capitão teve motivos para ficar satisfeito, porque o vento era favorável, e o *Duncan* pôde desenvolver todo o seu potencial.

Os viajantes readquiriram naquele mesmo dia os seus hábitos de bordo. Nem parecia que tinham estado ausentes do navio durante um mês. Depois das águas do Pacífico, as do Atlântico estendiam-se a perder de vista, e, com pequenas diferenças, todas as ondas se parecem. Depois de os haverem submetido à tão duras provações, os elementos pareciam unir esforços para os favorecer. O oceano estava sossegado, o vento agradável, e auxiliava o *Duncan* em sua infatigável carreira.

Esta rápida travessia foi levada a cabo sem incidente algum. Esperavam confiantes pela costa da Austrália. Falavam do capitão Grant como se o navio o fosse buscar num ponto determinado O seu camarote e os beliches de seus companheiros foram preparados a bordo. Mary Grant comprazia-se em enfeitá-lo com suas próprias mãos.

Paganel estava sempre em seu camarote. Trabalhava incansavelmente numa obra intitulada *"Sublimes impressões de um geógrafo nos Pampas argentinos"*. Ouviam-no ler, em voz comovida, os trechos mais palpitantes de suas aventuras.

As coisas iam bem a bordo. Lorde e lady Glenarvan observavam com interesse Mangles e Mary Grant. Não tinham como intervir, e como John Mangles não se declarava, era melhor não fazer caso.

— O que o capitão Grant achará disto? — perguntou um dia Glenarvan a lady Helena.

— Achará que Mangles é digno de Mary, meu caro Edward, e não se enganará.

O navio navegava rapidamente para o seu destino. Cinco dias depois de se ter perdido de vista o cabo Corrientes, a 16 de novembro, começou a soprar um vento oeste, que tanto favorece os navios que dobram a ponta africana. O *Duncan* largou a todo pano.

No dia seguinte o oceano apareceu coberto por uma imensa quantidade de algas. O comandante chamou a atenção para este fato. O *Duncan* parecia deslizar sobre um extenso prado que Paganel comparou, com razão, aos Pampas, e o seu andamento foi um pouco retardado.

Vinte e quatro horas depois, ao romper do dia, ouviu-se a voz do vigia de proa:

— Terra!

— Em que direção? — perguntou Tom Austin.

— A sotavento — respondeu o marinheiro.

A este brado, que sempre comove, a tolda do navio encheu-se. Ali estava Paganel, com sua luneta apontada para a direção indicada, mas sem nada ver.

— Mais para o alto — orientou Mangles.

— Parece uma espécie de pico, ainda quase imperceptível — disse Paganel.

— É Tristão da Cunha — volveu Mangles.

— Então, se a memória não me falha — tornou o sábio, — devemos estar a uns cento e trinta quilômetros, porque o pico de Tristão, com 2220 metros de altura, é visível a esta distância.

— Exatamente — retorquiu Mangles.

Algumas horas depois, o grupo de ilhas, muito altas e escarpadas, distinguia-se perfeitamente no horizonte. O morro cônico de Tristão delineava-se em negro sobre o fundo resplandecente do céu. Dali a pouco a ilha principal destacou-se da massa dos rochedos, no vértice de um triângulo inclinado para o nordeste.

Tristão da Cunha fica a 37° 8' de latitude sul de 10° 44' de longitude a oeste do meridiano de Greenwich. Trinta quilômetros a sudoeste, a ilha Inacessível, e a dezesseis quilômetros a sueste, a ilha Rouxinol, completam este grupo isolado nesta parte do Atlântico. Por volta do meio-dia reconheceram-se as principais balizas que servem aos marinheiros de pontos de referência, a saber, num ângulo da ilha Inacessível, uma rocha que parece exatamente um barco à vela; na extremidade norte da ilha Rouxinol, duas ilhotas que têm a conformação de um fortim em ruínas. Às três horas, o *Duncan* entrava na baía Flamouth de Tristão da Cunha, que a ponta de Bom Socorro abriga dos ventos do ocidente.

Ali permaneciam ancoradas algumas baleeiras ocupadas na pesca das focas e outros animais marinhos, oferecidos em abundância naquelas costas.

Mangles tratou de procurar um bom ancoradouro, porque aquelas paragens são muito perigosas por conta dos ventos do norte e nordeste, e exatamente naquele local, em 1829, se perdeu o brigue inglês *Julia*. O *Duncan* aproximou-se cerca de dois quilômetros das margens e ali ancorou. No mesmo instante, passageiros e passageiras embarcaram na grande canoa e desembarcaram sobre uma areia fina e preta, restos impalpáveis dos rochedos calcinados da ilha.

A capital de todo o grupo de Tristão da Cunha consiste numa pequena aldeia, com cerca de cinqüenta casas, muito limpas e dispostas com regularidade geométrica. Por detrás desta cidade em miniatura estendiam-se uns mil e quinhentos hectares de planície limitada por um imenso montão de lava; por detrás dele, o morro cônico erguia-se a 2000 metros no ar.

Lorde Glenarvan foi recebido por um governador que depende da colônia inglesa do Cabo. Pediu informações sobre Harry Grant e a *Britannia*. Estes nomes lhe eram inteiramente desconhecidos. As ilhas de Tristão da Cunha ficam fora do rumo seguido geralmente pelos navios, e são pouco freqüentadas. Depois do célebre naufrágio do *Blendon-Hall*, em 1821, nos rochedos da Ilha Inacessível, dois navios haviam chegado à costa na ilha principal. O *Primauguet*, em 1845, e a barca americana *Philadelphia*, em 1857. A estatística de Tristão da Cunha sobre naufrágios limitava-se a estes três.

Glenarvan não esperava outras informações, e só interrogava o governador por descargo de consciência. Mandou até as embarcações de bordo darem um giro em torno da ilha, cuja circunferência é de cerca de 30 quilômetros.

Durante este reconhecimento, os passageiros do *Duncan* passearam pela aldeia e costas vizinhas. A população de Tristão da Cunha não passa de cento e cinqüenta habitantes. São ingleses ou americanos, casados com negras, ou hotentotes do Cabo, as quais, sob o ponto de vista da fealdade, nada deixam a desejar. Os filhos destes casais heterogêneos apresentavam uma mistura desagradável do empertigamento saxão e da negrura africana.

Este passeio de viajantes, que se sentiam felizes por pisarem em terra firme, prolongou-se pela praia que confina com a extensa planície cultivada que existe naquele ponto, e é única em toda a ilha. Em todos os outros pontos a costa é formada por rochas, escarpados e áridos. Enormes albatrozes e pingüins eram contados ali às centenas.

Depois de terem visitado estes rochedos ígneos, os viajantes tornaram a subir à planície; nascentes numerosas e abundantes, alimentadas pelas neves eternas do cone, nasciam em diversos pontos; moitas verdejantes, onde a vista contava tantos pássaros como flores, ornavam o solo de modo vistoso. Uma primavera eterna derramava sua doce influência sobre esta ilha privilegiada.

Conversando e admirando o que viam, os viajantes só retornaram para o *Duncan* ao cair da noite. No momento em que lorde Glenarvan se recolhia a bordo, as embarcações que tinham ido dar a volta na ilha também chegavam. Tinham desempenhado sua missão em poucas horas. Não haviam encontrado vestígio algum da *Britannia*. Esta viagem de circunavegação tivera por único resultado riscar definitivamente a ilha Tristão do programa das investigações.

O *Duncan* podia abandonar este grupo de ilhas africanas e continuar sua navegação para o leste. E só não partiram naquela noite porque Glenarvan autorizou uma caçada às numerosas focas, para se armazenar azeite.

À ceia, Paganel deu algumas informações sobre as ilhas Tristão da Cunha que interessaram os ouvintes. Ficaram sabendo que este grupo, descoberto em 1506 pelo português Tristão da Cunha, um dos companheiros de Afonso de Albuquerque, esteve por explorar mais de um século. As ilhas eram consideradas focos de tempestades, não sem razão, e não gozavam melhor reputação do que as Bermudas. Portanto, ninguém se aproximava delas, e todo navio que surgia ali, era porque estava em fuga, acossado pelos tufões do Atlântico.

Em 1697, três navios holandeses da Companhia das Índias fundearam na ilha de Tristão, determinando suas coordenadas e deixando aos cuidados do astrônomo Halley rever-lhe os cálculos no ano de 1700. De 1712 a 1767, alguns navegadores franceses tomaram conhecimento do grupo, principalmente La Perouse, a quem as suas instruções ali o levaram em 1785.

Estas tão pouco visitadas ilhas tinham ficado desertas, até que em 1811, um americano, Jonathan Lambert, a colonizou. Abordou ali em janeiro, com dois companheiros. O governador inglês do Cabo da Boa Esperança, ao saber que eles estavam prosperando, ofereceu-lhes o protetorado da Inglaterra. Jonathan aceitou, e içou sobre a sua cabana o pavilhão britânico. Parecia reinar pacificamente o "seu povo", composto de um velho italiano e de um mulato português, quando certo dia, indo fazer o reconhecimento das praias do seu império, afogou-se ou deixou que o afogassem, não se sabe bem. Napoleão foi encarcerado na ilha de Santa Helena, e para melhor guardá-lo, a Inglaterra pôs uma guarnição na ilha da Ascensão e outra na de Tristão da Cunha. A guarnição de Tristão da Cunha consistia numa companhia de artilharia do Cabo e num destacamento de hotentotes. Ali esteve até 1821, e por ocasião da morte do prisioneiro de Santa Helena, voltou para o Cabo.

— Um só europeu — acrescentou Paganel, — um cabo escocês...

— Ah! Um escocês! — disse o major, que se interessava especialmente por seus compatriotas.

— Chamava-se William Glass — prosseguiu Paganel, — e continuou na ilha com sua mulher e dois hotentotes. Dali a pouco, dois ingleses, um marinheiro e um pescador do tamisa, ex-dragão no exército argentino, reuniram-se ao escocês; e finalmente, em 1821, um dos náufragos do *Blendon-Hall*, acompanhado da sua jovem mulher, achou refúgio na ilha. Deste modo, em 1821, a ilha contava com seis homens e duas mulheres. Em 1829, já eram sete homens, seis mulheres e quatorze crianças. Em 1835 eram quarenta moradores, e agora este número está triplicado.

— É assim que as nações começam! — ponderou Glenarvan.

— Para completar a história de Tristão da Cunha — tornou Paganel, — ela me parece merecer tanto quanto João Fernandes a fama da ilha dos Robinsons. Efetivamente, se dois marinheiros foram sucessivamente abandonados na João Fernandes, dois sábios quase o foram em Tristão da Cunha. Em 1793, um compatriota meu, o naturalista Dupetit-Thouars, na ânsia de recolher plantas para colecioná-las, perdeu-se, e só foi encontrado no momento em que o capitão já estava partindo. Em 1824, um escocês, meu caro Glenarvan, hábil desenhista, Augusto Earle, esteve durante oito meses abandonado na ilha. O capitão simplesmente esqueceu-se dele, partindo para o Cabo.

— Eis um capitão distraído — redargüiu o major. — Era parente seu, Paganel?

— Se não era, major, merecia sê-lo! — respondeu Paganel, pondo um ponto final na conversa.

Durante a noite, a tripulação do *Duncan* fez uma boa caçada, abatendo cerca de cinqüenta focas. O dia seguinte foi empregado em recolher o azeite e preparar as peles destes lucrativos animais. Os passageiros, como era natural, aproveitaram este dia para fazerem nova excursão à ilha, sendo que Glenarvan e o major levaram suas espingardas, para experimentarem a caça daquelas paragens. Neste passeio, chegaram até ao sopé da montanha, atravessando um solo juncado de restos decompostos de toda a qualidade de detritos vulcânicos. A base da montanha elevava-se de um chão de rochedos oscilantes. Era difícil enganar-se a respeito da natureza do enorme cone, e o capitão Carmichael tinha tido razão quando o reconhecera como um vulcão extinto.

Os caçadores descobriram alguns javalis, e o major conseguiu abater um. Glenarvan contentou-se em abater perdizes pretas, das quais o cozinheiro de bordo devia fazer um excelente guisado. No cume do platô avistaram muitas cabras.

Às oito horas da noite todos estavam de volta a bordo, e naquela noite o *Duncan* partia da ilha Tristão da Cunha, a qual não devia tornar a ver.

3
A Ilha Amsterdã

A intenção de John Mangles era ir ao Cabo da Boa Esperança para abastecer-se de carvão, e para isso teve que se afastar um pouco do paralelo trinta e sete, subindo dois graus para o norte. O *Duncan* achava-se sob a zona dos ventos gerais, encontrando brisas favoráveis ao seu andamento. Em menos de seis dias transpuseram os 4000 quilômetros que separavam Tristão da Cunha da ponta da África. No dia 23 de novembro, por volta das três da tarde, avistaram a montanha de Table, e um pouco mais tarde Mangles avistava a montanha dos Sinais, que serve para indicar a entrada da baía. Por volta das oito horas encontrouse nas águas da baía, ancorando no porto de Cap-Town.

Na qualidade de membro da sociedade geográfica, Paganel não podia ignorar que a extremidade da África foi descoberta em 1486 pelo navegador português Bartolomeu Dias, e só dobrada em 1497 pelo célebre Vasco da Gama. Aliás, como Paganel poderia ignorá-lo, já que o grande Camões canta a glória do ilustre navegador nos *Lusíadas*? E o sábio fez uma observação curiosa: se Bartolomeu Dias, em 1486, seis anos antes da primeira viagem de Cristóvão Colombo, tivesse dobrado o Cabo da Boa Esperança, a descoberta da América seria adiada indefinidamente. Com efeito, o caminho do Cabo era o mais curto e mais rápido para ir às Índias Orientais. Avançando para oeste, o que o grande navegador genovês procurava, senão abreviar a viagem ao país das especiarias? Dobrando o cabo, sua expedição se tornaria inútil, e provavelmente não a empreenderia.

A cidade do cabo, situada em Cap-Bay, foi fundada em 1652 pelo holandês Van Riebeck. Era a capital de uma grande colônia, que depois dos tratados de 1815 se tornou decididamente inglesa. Os passageiros do *Duncan* aproveitaram para poder visitar a cidade. Tinham apenas doze horas para o passeio, porque o capitão Mangles precisava apenas de um dia para renovar as suas provisões, pretendendo partir no dia 26 logo pela manhã.

Mas era tempo suficiente para se percorrer as casas irregulares daquele tabuleiro de xadrez que se chama Cap-Town, com seus trinta mil habitantes, alguns brancos, outros negros, fazendo o papel de reis, cavaleiros, peões, e talvez bispos. Foi assim, ao menos, que se exprimiu Paganel. Depois de se ver o castelo que se eleva a sueste da cidade, a casa e o jardim do governo, a bolsa, o museu, a cruz de pedra plantada por Bartolomeu Dias na ocasião da sua descoberta, e beber um copo de Pontai, o primeiro dos vinhos de Constância, só restava partir. E foi o que os viajantes fizeram, no dia seguinte, ao romper do sol. E algumas horas depois, o *Duncan* dobrava o famoso cabo das Tormentas, a que o rei de Portugal, D. João II, o otimista, deu sem razão o nome de Cabo da Boa Esperança.

Oito mil quilômetros a atravessar entre o cabo e a ilha Amsterdã, com mar favorável, eram uma questão de dez dias. Os navegadores, mais favorecidos que os viajantes dos Pampas, não tinham que se queixar dos elementos. Ar e água, ligados contra eles em terra firme, agora os fazia ir adiante.

— Ah! O mar! O mar! — repetia Paganel. — Esta é a grande arena, onde se exercitam as forças humanas, e o navio é verdadeiro veículo da civilização! Pensem, meus amigos. Se o globo fosse apenas um imenso continente, só se conheceria a sua milésima parte no século XIX! Vejam o que se passa no interior das grandes extensões de terra! Nas estepes da Sibéria, nos terrenos da Austrália, nas solidões geladas dos pólos, o homem mal se atreve a seguir adiante, o mais destemido recua, o mais corajoso sucumbe. Não se pode passar, já que os meios de transporte são insuficientes. O calor, as doenças, a selvageria dos indígenas, formam também obstáculos invencíveis. Trinta quilômetros de deserto distanciam mais o homem do que três mil quilômetros de oceano! De uma costa a outra, somos vizinhos; uma simples floresta nos separa, nos torna estrangeiros! A Inglaterra é vizinha à Austrália, enquanto que o Egito, por exemplo, parece estar a milhões de quilômetros do Senegal! Atravessa-se o mar hoje mais facilmente que o mais insignificante Saara, e graças ao mar, como muito bem disse o sábio comandante americano Mayru, estabeleceu-se em todos os pontos do globo um parentesco universal.

Paganel falava com entusiasmo, e nem mesmo o major achou uma só palavra para emendar neste hino ao oceano. Se, para encontrar Harry Grant, fosse preciso seguir através de um continente a linha do paralelo trinta e sete, não se poderia tentar a empresa; mas lá estava o mar para transportar os corajosos exploradores de uma a outra terra, e no dia 6 de dezembro, aos primeiros fulgores da manhã, do oceano emergiu uma nova montanha.

Era a ilha Amsterdã, situada a 37° 47' de latitude e 77 24' de longitude, e cujo cone elevado se avista em tempo sereno a oitenta quilômetros de distância. Às oito horas, a sua forma ainda indecisa reproduzia com suficiente exatidão o aspecto da ilha de Tenerife.

— Esta ilha parece com Tristão da Cunha — disse Glenarvan.

— Certamente — replicou Paganel. — E acrescentarei que, assim como Tristão da Cunha, a ilha Amsterdã é e foi abundante em focas e Robinsons.

— Há Robinsons por todas as partes? — perguntou lady Helena.

— Para ser honesto, são poucas as ilhas que conheço que não tenham tido sua aventura neste gênero, e o acaso já havia tornado realidade o romance de Daniel Dafoe, muito antes do autor o haver imaginado — respondeu Paganel.

— Senhor Paganel, posso perguntar-lhe uma coisa? — disse Mary Grant.

— Claro que sim, senhorita.

— O senhor iria assustar-se muito com a idéia de se ver abandonado numa ilha deserta?

— Eu! — exclamou Paganel.

— Ora, meu amigo, não vá confessar que este é seu maior desejo! — replicou Mac-Nabs.

— Não diria isto, mas também não me desagradaria a aventura. Faria uma nova vida, caçando, pescando, abrigando-me no inverno numa gruta, e no verão numa árvore. Teria armazéns para as minhas colheitas, em suma, colonizaria a minha ilha.

— Sozinho?

— Se fosse preciso. Além disso, uma pessoa nunca está só no mundo. Não se pode escolher amigos entre os animais, domesticar um cabrito, um papagaio eloqüente, um macaco amável? Dois amigos sobre um rochedo, eis aí a felicidade! Suponham que eu e o major...

— Obrigado — interrompeu o major, — não tenho gosto algum pelo papel de Robinson, e com certeza havia de desempenhá-lo mal!

— Caro Paganel — disse lady Helena, — sua imaginação o arrasta para o reino da fantasia. A realidade é bem diferente do sonho. Só pensa nesses Robinsons imaginários, lançados com toda a cautela numa ilha bem escolhida, espécie de crianças a quem a natureza enche de mimos! Só vê o lado bonito das coisas!

— Então milady julga que não se pode ser feliz numa ilha deserta?

— Julgo. O homem foi feito para a sociedade, não para o isolamento. A solidão só pode produzir o desespero. É uma questão de tempo. Que a princípio os cuidados com a vida material, as necessidades prementes, distraiam o infeliz salvo das ondas, fazendo-o esquecer momentaneamente o futuro ameaçador, isso é possível. Mas depois, quando ele se sente só, longe dos seus semelhantes, sem esperança de tornar a ver a pátria e aqueles a quem ama, o quanto não irá sofrer? A sua ilha representa para ele o mundo inteiro. Toda a humanidade se encerra nele, e quando a morte sobrevém, morte terrível em tamanho abandono, ele é como o último homem no último dia do mundo. Creia-me, senhor Paganel, não gostaria de estar na pele deste homem!

Paganel teve que se dar vencido diante dos argumentos de lady Helena, e a conversa sobre as vantagens e desvantagens do isolamento prolongou-se até o momento em que o *Duncan* ancorou a poucos quilômetros de distância da ilha Amsterdã.

Este grupo solitário do oceano Índico é formado por duas ilhas distintas, situadas a cerca de cinqüenta quilômetros de distância uma da outra, e precisamente sob o meridiano da península indiana; ao norte, fica a ilha Amsterdã ou S. Pedro, ao sul, a ilha S. Paulo; deve-se dizer, porém, que elas têm sido muitas vezes confundidas por geógrafos e navegadores.

As ilhas foram descobertas em dezembro de 1796 pelo holandês Vlaming, depois reconhecidas por d´Entrecasteaux, que levava então a *Espérance* e a *Recherche* à descoberta de La Perouse. É desta viagem que data a confusão das duas ilhas. O marinheiro Barrow, Beautemps-Beaupré no atlas de d'Entrecasteaux, depois Horburg, Pinkerton, e outros geógrafos, têm constantemente descrito a ilha de S. Pedro como ilha de S. Paulo, e vice-versa. Em 1859, os oficiais da fragata austríaca *Novara*, na sua viagem de circunavegação, evitaram este erro, que Paganel retificava agora.

A ilha de S. Paulo, situada ao sul da ilha Amsterdã, é apenas uma ilhota desabitada, formada por uma montanha cônica que deve ser um antigo vulcão. Pelo contrário, a ilha Amsterdã, à qual a chalupa conduziu os passageiros do *Duncan*, tem cerca de 20 quilômetros de circunferência. É habitada por alguns exilados voluntários que se habituaram a esta triste existência. São os guardas da pescaria, a qual pertence, como também a ilha, a um tal sr. Otovan, negociante da Reunião. Este soberano, que ainda não está reconhecido pelas grandes potências européias, arranja ali uma lista civil de setenta e cinco a oitenta mil francos, a pescar, salgar e exportar bacalhau.

A ilha Amsterdã estava destinada a ser e a ficar francesa. Efetivamente, a princípio, pertencia por direito de primeiro ocupador ao sr. Camim, armador de S. Diniz, em Bourbor; depois foi concedida, em virtude de um contrato internacional, a um polonês, que a fez cultivar por escravos malgachos. Quem diz polonês, diz francês, de modo que de polonesa a ilha tornou-se francesa nas mãos do sr. Otoran.

Quando em 6 de dezembro o *Duncan* abordou ali, a população constava de três habitantes, um francês e dois mulatos, todos empregados do negociante proprietário. Paganel pôde, portanto, apertar a mão de um compatriota, o respeitável sr. Viot, de idade muito avançada. Este "sábio ancião" fez com muita delicadeza as honras da ilha; e era para ele um dia feliz em que recebia tão amáveis estrangeiros. S. Pedro é freqüentada unicamente por pescadores de focas, e alguns raros baleeiros, gente usualmente grosseira.

O sr. Viot apresentou os seus vassalos, os dois mulatos, e que constituíam toda a população da ilha, juntamente com alguns javalis metidos nos covis do interior e muitos milhares de simplórios pingüins. A casinha onde eles moravam era situada a sudoeste, no fundo de um ancoradouro natural, formado pelo desmoronamento de uma porção da montanha.

Foi muito antes do reinado de Otovan I que a ilha de S. Pedro serviu de refúgio a vários náufragos. Paganel despertou grande interesse dos ouvintes, ao começar sua narrativa por estas palavras: *História de dois escoceses abandonados na ilha Amsterdã*.

Era em 1827. O navio inglês *Palmira*, passando à vista da ilha, percebeu uma fumaça se elevando nos ares. O capitão aproximou-se da terra, e viu dois homens pedindo socorro. Mandou então a canoa, que recolheu Jacques Paine, rapaz de vinte e dois anos, e Robert Proudfoot, de quarenta e oito anos. Os infelizes estavam desfigurados. Quase sem alimento e sem água doce, alimentando-se de mariscos, pescando com um prego curvo, apanhando de tempos em tempos algum porco selvagem, ficando sem comer muitas vezes durante três dias, velando pela fogueira, a qual não podiam deixar se apagar, passaram durante dezoito meses uma vida de miséria, privações e sofrimentos. Paine e Proudfoot tinham desembarcado na ilha por uma escuna que andava pescando focas. Segundo o costume dos pescadores, deviam fazer um estoque de peles e azeite durante um mês, enquanto a escuna não voltava. Só que ela não voltou. Cinco meses depois, o *Hope*, que se dirigia a Van-Diemen, fundeou ali. Mas o seu capitão, por um desses bárbaros caprichos que não se explicam, se recusou a receber os dois escoceses, partindo sem lhes deixar nem uma bolacha. Era certo que os dois desgraçados morreriam de fome dentro em pouco, se a *Palmira*, passando perto da ilha, não os recolhesse à bordo.

A segunda aventura da história da ilha Amsterdã — se semelhante rochedo pode ter uma história, — é a do capitão Péron, um francês. Como a dos dois escoceses, a aventura começa e termina do mesmo modo: permanência voluntária na ilha, um navio que não volta, e um navio estrangeiro que o acaso conduz àquelas paragens, depois de quarenta meses de abandono.

O capitão Péron desembarcara com quatro marinheiros, dois ingleses e dois franceses; para durante quinze meses caçar leões marinhos. A caçada foi boa, mas depois de quinze meses, o navio não apareceu, e os víveres tornaram-se difíceis, o que dificultou as relações internacionais. Os dois ingleses revoltaram-se contra o capitão Péron, que morreria nas mãos deles se não fosse o socorro de seus compatriotas. A partir deste momento, os dois partidos, vigiando-se dia e noite, sempre em armas, ora vencidos, ora vencedores, passaram

As águas termais e as nascentes ferruginosas saíam em repuxo do meio da lava negra, espalhando espessos vapores por cima do solo vulcânico.

uma vida terrível de misérias e angústia. E certamente um acabaria por aniquilar o outro, se um navio inglês não os reconduzisse à pátria.

Por duas vezes a ilha Amsterdã se tornou pátria de marinheiros abandonados, a quem a Providência tratou de salvar da miséria e da morte. De lá para cá, nenhum navio se perdeu nestas costas.Se um naufrágio houvesse arremessado os seus destroços naquela praia, os náufragos certamente teriam sido encontrados pelo sr. Viot. Havia muitos anos que ele morava na ilha, e nunca oferecera hospitalidade para algum náufrago. Nada sabia do capitão Grant e da *Britannia*. Nem a ilha Amsterdã, nem a ilha de S. Paulo tinham sido teatro desta catástrofe.

Glenarvan não ficou nem triste nem surpreso com a resposta. Na verdade, ele e seus companheiros estavam procurando mais saber onde o capitão Grant não estava, do que onde estava. E trataram de marcar a partida do *Duncan* para o dia seguinte.

Os viajantes aproveitaram o dia para visitar a ilha, cujo aspecto é muito atraente. Porém, sua fauna e sua flora não encheriam as páginas de um livro do mais prolixo dos naturalistas. Ali, a fauna se resumia a alguns javalis, albatrozes, percas e focas. As águas termais e as nascentes ferruginosas saíam em repuxo do meio da lava negra, espalhando espessos vapores por cima do solo vulcânico. Algumas das nascentes atingiam temperatura bem elevada. Mangles mergulhou um termômetro nas águas, que marcou 80° C. Os peixes apanhados ali perto eram cozidos em cinco minutos, no líquido quase a ferver, o que fez com que Paganel desistisse de tomar um banho.

À tarde, depois do passeio, Glenarvan disse adeus ao excelente sr. Viot, e todos lhe desejaram a maior felicidade possível naquela ilhota deserta. O velho, em troca, fez votos pelo bom êxito da expedição, e então os passageiros retornaram ao *Duncan*.

4
AS APOSTAS DE JACQUES PAGANEL E DO MAJOR MAC-NABS

Às três horas da manhã do dia 7 de dezembro, as fornalhas do *Duncan* já rugiam. Quando os passageiros subiram à coberta, por volta das oito da manhã, a ilha Amsterdã já desaparecia entre os nevoeiros do horizonte. Era a última estação no caminho do paralelo trinta e sete, e quase cinco mil quilômetros a separavam da costa da Austrália. Se o mar e o vento continuassem favoráveis, em doze dias o *Duncan* chegaria ao seu destino.

Mary e Robert Grant não contemplavam impassíveis as ondas que a *Britannia* sulcara, certamente, alguns dias antes do naufrágio. Talvez, ali, o capitão Grant, depois de ter abandonado o navio, com a tripulação reduzida, lutava contra os terríveis tufões do mar das Índias, e sentia-se arrastado para a costa com força irresistível. Mangles mostrava à jovem as correntes indicadas nos mapas de bordo; explicava-lhe a sua direção constante. Uma delas, a que atravessa o oceano Índico, dirige-se para o continente australiano, e sua ação faz-se sentir do ocidente para o oriente, tanto no Pacífico como no Atlântico. Por isso, a *Britannia*, desarmada contra as violências do céu e do mar, devia ter ido dar à costa, despedaçando-se de encontro a ela.

Contudo, havia uma dificuldade. As últimas notícias do capitão Grant eram de Callao, datadas de 30 de maio de 1862, tiradas do *Mercantile and Shipping Gazette*. Como é que a 7 de

33

junho, oito dias depois de ter largado da costa do Peru, a *Britannia* podia encontrar-se no mar das Índias? Paganel, consultado a este respeito, deu uma resposta plausível, com a qual até os mais incrédulos teriam se mostrado satisfeitos.

Era o cair da noite de 12 de dezembro, seis dias depois de terem partido das ilhas Amsterdã. Lorde e lady Glenarvan, Mary e Robert Grant, o capitão Mangles, Mac-Nabs e Paganel conversavam no tombadilho. Falavam, como sempre, da *Britannia*, porque este era o único pensamento a bordo. E quando esta questão foi levantada, uma sombra recobriu as esperanças que todos alimentavam.

Paganel, depois de ouvir a observação de Glenarvan, levantou a cabeça com vivacidade, e sem nada responder, foi buscar o documento. Quando voltou, contentou-se em encolher os ombros, como quem se envergonha de ter hesitado por um momento.

— Bem, meu amigo — disse Glenarvan, — dê-nos alguma resposta!

— Não, farei apenas uma pergunta ao capitão Mangles — respondeu Paganel.

— Pois fale, senhor Paganel — disse Mangles.

— Um navio veloz, poderá atravessar em um mês a extensão do Pacífico, compreendida entre a América e a Austrália?

— Sim, fazendo cerca de 300 quilômetros por dia.

— E isso é algo de extraordinário?

— Não. Os clíperes obtêm velocidades muito superiores.

— Muito bem — replicou Paganel, — em vez de ler "7 de junho" no documento, suponha que o mar apagou um algarismo desta data. Se lermos "27 de junho", tudo se explica.

— De fato — ponderou lady Helena, — de 31 de maio a 27 de junho...

— O capitão Grant podia atravessar o Pacífico e achar-se no mar das Índias!

Um sentimento de satisfação acolheu a conclusão de Paganel.

— Mais um ponto esclarecido, e graças ao nosso amigo! — disse Glenarvan. — Só nos resta chegar a Austrália, e procurar os vestígios da *Britannia* na costa ocidental.

— Ou na costa oriental — disse Mangles.

— Tem razão. O documento não indica se a catástrofe ocorreu nas costas do ocidente ou do oriente. As nossas investigações devem abranger os dois pontos em que a Austrália é cortada pelo paralelo trinta e sete.

— Há dúvidas a este respeito, milorde? — perguntou Mary.

— Oh, não, senhorita! — atalhou Mangles, que queria dissipar aquela apreensão da jovem. — Milorde terá de concordar que, se o capitão Grant tivesse abordado nas praias orientais da Austrália, acharia logo socorro. Toda esta costa é inglesa, por assim dizer, e povoada por colonos ingleses. A tripulação da *Britannia* não teria que andar mais de vinte quilômetros para encontrar compatriotas.

— Capitão, concordo com o senhor — disse Paganel. — Na costa oriental, na baía Twofold, na cidade de Éden, Harry Grant não só encontraria asilo numa colônia inglesa, como não lhe faltariam meios de transporte para regressar à Europa.

— Então, os colonos não puderam achar os mesmos recursos nesta parte da Austrália para a qual nos dirigimos? — perguntou lady Helena.

— Não, senhora, a costa é deserta. Nenhuma via de comunicação a liga a Melbourne ou Adelaide. Se a *Britannia* se perdeu contra os recifes que a orlam, faltou-lhe todo o socorro, como se houvesse despedaçado contra as plagas inóspitas da África.

— Mas então, o que foi feito do meu pai durante os últimos dois anos?

— Minha querida — respondeu Paganel, — não é verdade que temos como certo de que o capitão Grant alcançou a terra firme depois do naufrágio?

— Sim, senhor — respondeu a jovem.

— Ora, uma vez no continente, o que foi feito do capitão Grant? Quanto há isto, nos limitamos a três hipóteses. Ou Harry Grant e seus companheiros alcançaram as colônias inglesas, ou caíram em poder dos indígenas, ou finalmente, perderam-se nas imensas solidões da Austrália — respondeu Paganel. — Em primeiro lugar, rejeito a primeira das hipóteses. Harry Grant não pôde alcançar as colônias inglesas, porque então estaria salvo, e já há muito estaria reunido com os filhos.

— Meu pobre pai, há dois anos separado de nós! — murmurou Mary.

— Deixe o senhor Paganel falar, irmã — disse Robert, — ele acabará por nos dizer...

— Ah, não, meu rapaz! Tudo quanto posso afirmar é que o capitão Grant está prisioneiros dos aborígines, ou...

— Mas estes aborígines — perguntou com ansiedade lady Glenarvan, — são...

— Sossegue, milady — respondeu Paganel, compreendendo o pensamento de lady Helena, — esses aborígines são pacíficos, e nada sanguinários, como seus vizinhos da Nova Zelândia. Se aprisionaram os náufragos da *Britannia*, nunca ameaçaram sua existência, acredite. Todos os viajantes são unânimes em afirmar que os australianos têm horror ao derramamento de sangue, e muitas vezes foram aliados fiéis quando tiveram de repelir os ataques dos bandos de degredados, cuja crueldade é de um gênero muito pior.

— Escutou? — exclamou lady Helena, voltando-se para Mary. — Se seu pai está em poder dos aborígines, o que, aliás, o documento nos faz suspeitar, vamos encontrá-lo...

— E se ele se perdeu neste país imenso? — redargüiu a jovem, interrogando Paganel.

— Ora! — exclamou o geógrafo, confiante. — Vamos achá-lo também! Não é verdade, amigos?

— Decerto — redargüiu Glenarvan, que quis dar um tom menos triste à conversa. — Não admito que ninguém se perca...

— Nem eu — replicou Paganel.

— A Austrália é grande? — perguntou Robert.

— Ela equivale a quatro quintos da Europa, meu jovem, com cerca de setecentos e setenta e cinco milhões de hectares.

— Isso tudo? — perguntou o major.

— Sim, Mac-Nabs. Não acha que um país deste tamanho tem o direito de tomar a qualificação de "continente", que o documento lhe dá?

— Certamente, Paganel.

— Devo acrescentar — tornou o sábio, — que se citam poucos viajantes que tenham se perdido neste vasto país. Até mesmo Leichardt, único cuja sorte se ignorava, teve seus vestígios encontrados por Mac Intyre.

— A Austrália não foi toda percorrida ainda? — perguntou lady Glenarvan.

— Não, milady — respondeu Paganel, — longe disso! Este continente é menos conhecido que o interior da África, e, contudo, não é por falta de viajantes empreendedores. De 1806 até 1872, mais de cinqüenta têm trabalhado para o reconhecimento da Austrália.

— Cinqüenta? — exclamou o major, com ar de dúvida.

— Isso mesmo. Estou falando, bem entendido, dos marinheiros que têm determinado os limites das costas da Austrália em meio dos perigos de uma navegação incerta, e dos viajantes que têm atravessado o vasto continente.

— Cinqüenta é um número grande — observou o major.

— Irei mais longe ainda, major — replicou o sábio, estimulado, como sempre, pela contradição.

— Vá mais longe, Paganel.

— Se me desafiar, citarei os cinqüenta nomes, sem hesitar.

— Ora, veja como são os sábios, não duvidam de nada! — disse tranqüilamente o major.

— Mac-Nabs, apostaria sua carabina de Purdey Moore e Dickson contra minha luneta Secretan?

— Por que não, Paganel, se faz gosto — disse Mac-Nabs.

— Muito bem, major, eis uma carabina com a qual não matará mais nem raposas nem cabras montesas, a não ser que eu a empreste, o que farei de boa vontade!

— Meu caro Paganel — redargüiu o major, com seriedade, — quando tiver necessidade da sua luneta, ela estará ao seu dispor.

— Vamos começar — disse Paganel. — Senhoras e senhores, vocês serão os jurados. Robert, você marcará os pontos.

Lorde e lady Glenarvan, o major, John Mangles e os irmãos Grant, aos quais a discussão divertia, prepararam-se para escutar o geógrafo. Além disso, tratava-se da Austrália, para a qual os conduzia o *Duncan* e a sua história não podia vir mais a propósito.

— Há duzentos e cinqüenta e oito anos, meus amigos — iniciou o sábio, — a Austrália era ainda desconhecida. Havia suspeitas da existência de um grande continente ao sul; dois mapas conservados na biblioteca do Museu Britânico, e datados de 1550, mencionam uma terra ao sul da Ásia, a que chamam a Grande Java dos portugueses. Mas estes mapas não têm suficiente autenticidade. Passo, então, para o século XVII, para 1606. Neste ano, um navegador espanhol, Quiros, descobriu uma terra a que chamou Austrália do Espírito Santo. Alguns autores pensam que se tratava do grupo das Novas Hébrides, e não da Austrália. Não discuto a questão. Conte este Quiros, Robert, e passemos para outro.

— Um — marcou Robert.

— No mesmo ano, Luiz Vaz de Torres, que comandava a armada de Quiros como imediato, continuou mais para o sul o reconhecimento de novas terras. Mas coube ao holandês

Theodorico Hertoge a honra da grande descoberta. Abordou à costa ocidental da Austrália por 25° de latitude, e deu-lhe o nome de *Eendracht*, que era o nome do seu navio. Depois dele, multiplicam-se os navegadores. Em 1618, Zeachen reconhece na costa setentrional as terras de Arnheim e Diemen. Em 1619, Jan Edels costeia e batiza com seu próprio nome uma parte das margens de oeste. Em 1622, Leuwin desce até ao cabo, que se tornou seu homônimo. Em 1627, de Nuitz e de Witt, um a oeste, outro ao sul, completam as descobertas dos seus predecessores, e são seguidos pelo comandante Carpenter, que penetra com os seus navios na vasta chanfradura ainda hoje chamada Golfo de Carpintaria. Finalmente, em 1642, o célebre marinheiro Tasman, contorna a ilha de Van-Diemen, que ele supõe ligada ao continente, e dá-lhe o nome do governador geral da Batávia, nome que a posteridade, mais justa, mudou para Tasmânia. Estava contornado todo o continente australiano; sabia-se que o oceano Índico e o Pacífico o rodeavam com as suas águas, e em 1665, o nome de Nova Holanda, que ela não devia conservar, estava dado a esta grande ilha, precisamente na época em que os navegadores holandeses iam acabar de desempenhar o seu papel. Em que número estamos?

— Dez — respondeu Robert, prontamente.

— Muito bem — prosseguiu o sábio, — agora passo aos ingleses. Em 1686, um chefe de bucaneiros, um irmão da Costa, um dos mais célebres flibusteiros dos mares do sul, Williams Dampier, depois de numerosas aventuras cheias de prazeres e de misérias, chegou no navio *Cygnet* à costa noroeste da Nova Holanda, por 16° 50' de latitude; relacionou-se com os nativos, fazendo um relato quase completo dos seus costumes, da sua pobreza, da sua inteligência. Voltou em 1699, à mesma baía onde Hertoge desembarcara, já não como flibusteiro, mas como comandante do *Roebuck*, navio da marinha real. Contudo, até aqui, a descoberta da Nova Holanda não despertou outro interesse além do que o de um fato geográfico. Ninguém pensava em colonizá-la, e durante três quartos de século, de 1669 a 1770, nenhum navegador abordou ali. Então, apareceu o mais ilustre marinheiro do mundo moderno, o capitão Cook, e o novo continente não tardou em abrir-se às emigrações européias. Durante as suas três célebres viagens, James Cook abordou às terras da Nova Holanda, e pela primeira vez, em 31 de março de 1770, Cook lançou seu pequeno navio, o *Endeavour* na direção oeste do oceano Pacífico. Depois de fazer o reconhecimento da Nova Zelândia, chegou a uma baía da costa oriental da Austrália, e achou-a tão rica em plantas novas, que lhe deu o nome de baía Botânica, a atual Botany-Bay. Voltou para o norte, e por 16° de latitude, próximo do cabo Tribulação, o *Endeavour* tocou em um banco de coral a cinqüenta quilômetros da costa. O perigo de ir a pique era iminente. Lançaram-se ao mar a artilharia e os instrumentos; mas na noite seguinte a maré desencalhou o navio, e se ele não foi a pique, deveu-se a um pedaço de coral metido no rombo, e que vedou a água suficientemente. Cook pôde conduzir o navio a um rio, o qual foi chamado de Endeavour. Aí, durante os três meses de reparo, os ingleses procuraram estabelecer comunicações úteis com os nativos; mas pouco conseguiram, tornando a partir. O *Endeavour* continuou sua rota para o norte. Cook queria saber se existia um estreito entre a Nova Guiné e a Nova Holanda; depois de novos perigos avistou o mar que se estendia amplamente para a banda de sudoeste. Existia o estreito, que foi transposto. Cook desembarcou numa pequena ilha, e tomando posse, em nome da Inglaterra, das vastas extensões de costas que ele reconhecera, deu-lhe o nome muito britânico de Nova Gales do Sul. Três anos depois, o atrevido marinheiro comandava a *Aventura* e a *Resolução*; o capitão Furneaux foi na *Aventura* fazer o reconhecimento das costas de Van-Diemen, e voltou com a suposição de que aquela terra fazia parte da Nova Holanda. Foi em 177, por ocasião da sua terceira viagem, que Cook fundeou com os seus navios, *Resolução* e *Descoberta*, na baía da Aventura, sobre a terra de Van-Diemen, e foi dali que partiu para ir, alguns meses depois, morrer nas ilhas Sandwich.

— Um grande homem o capitão Cook — disse Glenarvan.

— O mais ilustre marinheiro que sem dúvida existiu. Foi Banks, seu companheiro, quem sugeriu ao governo inglês fundar uma colônia penitenciária em Botany-Bay. Após ele, muitos navegadores, de todas as nações, vieram. Na última carta recebida de la Perouse, escrita de Botany-Bay e datada de 7 de fevereiro de 1787, o infeliz revela a sua intenção de visitar o golfo de Carpintaria e toda a encosta da Nova Holanda até a terra de Van-Diemen. Parte e não volta. Em 1788, o capitão Philipp funda em Port-Jackson a primeira colônia inglesa. Em 1791, Vancouver descreve um considerável périplo ao longo das costas meridionais do novo continente. Em 1792, d'Entrecasteaux, mandado em busca de la Perouse, costeia a Nova Holanda, ao oeste e ao sul, descobrindo ilhas desconhecidas durante a navegação. De 1795 a 1797, Flinders e Bass, jovens ainda, continuam corajosamente numa pequena barca o reconhecimento das costas do sul, e em 1797, Bass passa entre a terra de Van-Diemen e a Nova Holanda, pelo estreito que tem o seu nome. Neste mesmo ano, Vlaming, o descobridor da ilha de Amsterdã, reconhecia sobre as costas orientais o rio Swan-River, onde haviam os mais lindos cisnes pretos. Quanto a Flinders, recomeçava em 1801 as suas curiosas explorações, e por 138° 58' de longitude e 35° 40' de latitude, encontram-se no Encounter-Bay com o *Geógrafo* e o *Naturalista*, navios franceses comandados pelos capitães Baudin e Hamelin.

— Ah! O capitão Baudin? — disse o major.

— Sim, porque? — perguntou Paganel.

— Nada, nada! Continue, meu amigo.

— Agora vou acrescentar o nome do capitão King, que de 1817 a 1822, fez o reconhecimento completo destas costas intertropicais da Nova Holanda.

— Com este são vinte e quatro — interrompeu Robert.

— Já tenho metade da carabina do major — disse Paganel.

— E agora acabei com os marinheiros, passemos aos viajantes.

— O senhor tem uma memória admirável! — disse lady Helena.

— O que é bem singular — ajuntou Glenarvan, — num homem tão...

— Tão distraído — apressou-se a dizer Paganel. — Ora, eu só me lembro das datas e dos fatos, mais nada.

— Vinte e quatro! — insistiu Robert.

— Bem, vinte e cinco com o tenente Daws. Era em 1789, um ano depois do estabelecimento da colônia de Port-Jackson. Tinha-se navegado em volta do novo continente, mas o que ele encerrava ninguém o poderia dizer. Uma extensa fileira de montanhas, paralelas à costa, parecia impedir todo o acesso para o interior. O tenente Daws, depois de nove dias de marcha, teve de retornar para Port-Jackson. Durante este mesmo ano, o capitão Tench tentou transpor aquela alta cordilheira e não conseguiu. Estes dois maus resultados desviaram durante três anos a atenção dos viajantes daquela difícil tarefa. Em 1792, o coronel Paterson, um arrojado explorador africano, foi mal sucedido na mesma tentativa. No ano seguinte, um simples cabo da marinha inglesa, o corajoso Hawkins, passou trinta quilômetros além da linha que os seus antecessores não tinham podido ultrapassar. Durante dezoito anos, só tenho dois nomes a citar, os do célebre marinheiro Bass e o do sr. Bareiller, engenheiro da colônia, que não foram mais felizes do que os seus antecessores, e chego ao ano de 1813, em que afinal se descobriu uma passagem a oeste de Sidney. O governador Macquarie arriscou-se por ela em 1815, e a cidade de Bathurst foi fundada além das montanhas Azuis. Dali em diante, Throsby em 1819, Oxley que atravessou quinhentos quilômetros de território, Howel e Hune, cujo ponto de partida foi precisamente Twofold-Bay, por onde passa o paralelo trinta e sete, e o capitão Sturt, que em 1829 e

1830 reconheceu as correntes do Darling e do Murray, enriqueceram a geografia com fatos novos e contribuíram para o desenvolvimento das colônias.

— Trinta e seis — disse Robert.

— Muito bem, levo dianteira — replicou Paganel. — Cito: Eyre e Leichard, que percorreram uma porção do país em 1840 e 1841; Sturt em 1845; os irmãos Grégory e Helpman, em 1846, na Austrália ocidental; Kennedy, em 1847, sobre o rio Vitória, e em 1848, na Austrália do norte; Grégory em 1852; Austin em 1854; os Grégory, de 1855 a 1858, na parte noroeste do continente; Babbage, do lago Torrens ao lago Eyre, e chego a um navegador celebre nos fastos australianos, Stuart, que três vezes seguiu os seus arrojados itinerários através do continente. A sua primeira expedição ao interior é de 1860. Mais tarde, se quiserem, eu lhes contarei como a Austrália foi atravessada quatro vezes de sul a norte. Hoje, limito-me a terminar esta extensa nomenclatura, e de 1860 a 1862, acrescentarei aos nomes de tantos destemidos pioneiros da ciência, os nomes dos irmãos Dempster, de Clarkons e Harper, os Burke e Wills, Neilson, de Walker, de Landsborough, Mackinlay, Howit...

— Cinqüenta e seis? — exclamou Robert.

— Bom, major — continuou Paganel, — vou dar-me por satisfeito, e isso sem ter citado Duperrey, nem Bougainville, nem Fitz-Roy, nem de Wickam, nem Stokes...

— Basta! — exclamou o major, sufocado por tantos nomes e números.

— Nem Perou, nem Quoy — prosseguiu Paganel, sem freio, — nem Bennett, nem Cuningham, nem Nutchell, nem Tiers...

— Pelo amor de Deus!

— Nem Dixon, nem Streleski, nem Reid, nem Wilkes, nem Mitchell...

— Está bom, Paganel — disse Glenarvan, rindo com gosto, — não esmague o infeliz Mac-Nabs. Seja generoso! Confessa-se vencido.

— E a sua carabina? — perguntou o geógrafo, com ar triunfante.

— É sua, e tenho pena dela — respondeu o major. — O amigo tem uma memória capaz de ganhar um museu de artilharia.

— É realmente impossível que alguém conheça a Austrália melhor — disse lady Helena. — Nem o mais insignificante nome, o mais pequeno fato...

— Oh! O mais pequeno fato... — disse o major, abanando a cabeça.

— O que foi agora, Mac-Nabs? — replicou Paganel.

— Digo que você não conhece todos os incidentes relativos à descoberta da Austrália.

— Como assim? — exclamou Paganel, altivamente.

— Se eu citar um que o senhor não saiba, me devolverá a carabina? — perguntou Mac-Nabs.

— Imediatamente, major.

— Feito?

— Feito!

— Muito bem. Meu caro Paganel, sabe porque a Austrália não pertence à França?

— Mas, parece-me...

— Ou, pelo menos, qual é a razão que os ingleses dão para este fato?

— Não, major — respondeu Paganel, com ar vexado.

— Simplesmente porque o capitão Baudin teve um tal medo, em 1802, do grasnar das rãs australianas, que levantou ferro o mais depressa que pôde, e nunca mais voltou.

— O que? Então é isso que se diz na Inglaterra? Mas não tem a menor graça!

— Não, mesmo! Mas é um fato histórico no Reino Unido.
— É uma indignidade! — exclamou o geógrafo patriota.
— E acreditam nisso?
— Não posso deixar de lhe dizer que sim — respondeu Glenarvan, no meio de uma gargalhada geral. — Então, ignorava esta particularidade?
— É claro! Protesto! Além disso, os ingleses nos chamam de "devoradores de rãs"! Ora, em geral, ninguém tem medo daquilo que come!
— Em todo caso, é o que se diz, Paganel — replicou o major, sorrindo com modéstia.

E foi assim que a famosa carabina de Purdey Moore e Dickson ficou sendo propriedade do major Mac-Nabs.

5
OS ÍMPETOS DE CÓLERA DO OCEANO ÍNDICO

Dois dias depois desta conversa, John Mangles anunciou que o *Duncan* se achava a 113° 37' de longitude. Os passageiros consultaram o mapa de bordo e viram, com grande satisfação, que apenas cinco graus os distanciavam do cabo Bernouilli. Entre este cabo e a ponta Entrecasteaux, a costa da Austrália descreve um arco que subentende o paralelo trinta e sete. Se o *Duncan* aproasse para o Equador, teria à vista o cabo Charam, que fica 200 quilômetros ao norte. Mas o *Duncan* navegava naquela porção do mar das Índias abrigada pelo continente australiano. Era, portanto, de esperar que, dentro de quatro dias, avistassem o cabo Bernouilli.

O vento oeste até então tinha favorecido o andamento do navio; havia, porém, alguns dias que mostrava tendência para amainar, acalmando-se pouco a pouco. No dia 13 de dezembro, afinal, houve completa calmaria, e se não fosse sua hélice formidável, o *Duncan* ficaria parado no meio do oceano.

Esta situação podia prolongar-se indefinidamente. À noite, Glenarvan conversou a este respeito com John Mangles. O jovem capitão, que via as provisões de carvão esgotarem-se rapidamente, parecia contrariado com a calmaria.

— Não vamos nos queixar — disse Glenarvan, — antes falta de vento do que vento ao contrário!

— Milorde tem razão — replicou Mangles. — Mas estas calmarias súbitas indicam mudança de tempo. Por isso receio que, se navegarmos no limite das monções, que de outubro a abril sopram do nordeste, nosso andamento ficará muito atrasado.

— Ora, John, o que se há de fazer. Se tal contrariedade ocorresse, teríamos que nos conformar.

— Isso se uma tempestade não se desencadeasse.

— Receia mau tempo? — disse Glenarvan, examinando o céu, que se mostrava limpo.

— Receio — respondeu o capitão. — Digo isto somente a milorde, porque não queria assustar lady Glenarvan e a srta. Grant.

— Fez bem. O que está acontecendo?

— Indícios infalíveis de mau tempo. Não confie na aparência do céu, milorde. Não há nada mais enganador. Nestes últimos dois dias, o barômetro desceu de modo inquietador, e é um aviso que não posso desprezar. Ora, eu receio particularmente a violência dos mares do sul, porque já a enfrentei. Há grande incidência de ciclones, tufões, e outras formas de tempestades contra as quais um navio só luta com desvantagem.

— John — redargüiu Glenarvan, — o *Duncan* é um barco sólido, e seu capitão um hábil marinheiro. Sairemos bem, caso haja uma tempestade.

Mangles obedecia aos seus instintos de homem do mar, ao manifestar seus receios. A persistente baixa do barômetro o fez tomar todas as medidas que a prudência aconselhava. O céu não indicava tempestade; mas o infalível instrumento não podia enganá-lo; as correntes atmosféricas descem dos lugares onde é alta a coluna do mercúrio, para aqueles onde é baixa; quanto mais próximos são esses lugares, tanto mais rapidamente o nível se estabelece nas camadas aéreas, e tanto maior se torna a velocidade do vento.

Mangles conservou-se no convés toda a noite. Por volta das onze horas o céu começou a escurecer para o lado sul. O capitão colocou sua tripulação para trabalhar. O estalar dos mastros, o embate dos cabos, o bater dos panos, o gemido das anteparas interiores, revelaram aos passageiros o que eles ainda ignoravam. Paganel, Glenarvan, o major e Robert apareceram no convés, uns como curiosos, outros prontos para fazer alguma coisa. O céu, antes límpido, agora era percorrido por nuvens espessas.

— É a tempestade? — perguntou Glenarvan ao capitão.

— Ainda não, mas ela não demora — respondeu o capitão.

No mesmo instante o capitão deu ordem para que os marinheiros diminuíssem a superfície da vela, o que eles fizeram com grande dificuldade. O capitão tinha interesse em se conservar com a maior porção de pano possível, para dar estabilidade ao navio.

Tomadas estas precauções, deu ordem a Austin e ao mestre de se prepararem para o assalto do tufão, que não podia tardar. John, como um oficial sobre o alto da brecha, não se afastava da borda de barlavento, e do alto do tombadilho procurava arrancar os segredos daquele céu tempestuoso.

Era uma hora da manhã. Lady Helena e Mary, violentamente sacudidas em seus camarotes, atreveram-se a subir ao convés. O vento agora estava extremamente violento, assobiando nos cabos fixos. As cordas de metal, semelhantes às de um instrumento, soavam como se algum arco gigantesco as tocassem; as roldanas batiam umas nas outras; os cabos faziam um ruído agudo, deslizando nas ásperas caixas dos moitões; as velas produziam detonações como peças de artilharia; vagas monstruosas faziam o navio parecer um brinquedo.

Quando o capitão John deu pelas passageiras, foi rapidamente ter com elas, e pediu-lhes que se recolhessem; o convés poderia ser varrido pelas ondas de um momento para o outro. O fragor dos elementos tinha então tal violência, que lady Helena mal ouvia o capitão.

— Não há perigo? — ela pôde dizer, durante um momento de calma.

— Nenhum, senhora — replicou Mangles, — mas não convém que fiquem no convés.

Lady Glenarvan e a srta. Mary não resistiram a esta ordem que mais parecia uma súplica, e dirigiram-se para o tombadilho no momento em que uma vaga, desfazendo-se sobre o painel da popa, fez estremecer os vidros da escotilha.

A violência do vento aumentou; os mastros vergaram sob a pressão das velas, e o navio pareceu erguer-se sobre as ondas.

— Carreguem o traquete! — bradou John. — Arriem gávea e bujarrona!

Os marinheiros correram para os seus postos, obedecendo a ordem do capitão. O *Duncan*, cuja chaminé vomitava torrentes de fumaça negra, fendia irregularmente o mar com as pás de hélices que por vezes saíam da água.

Glenarvan, o major, Paganel e Robert, contemplavam ao mesmo tempo com terror e admiração a luta do *Duncan* com as ondas; agarravam-se vigorosamente à trincheira, sem poderem trocar uma só palavra, e contemplavam os bandos de petréis, essas aves fúnebres das tempestades que voavam no meio da tormenta.

De repente, acima do ruído do vendaval, ouviu-se um silvo ensurdecedor. O vapor saiu com violência, não do tubo adutor, mas das válvulas da caldeira; o apito de alarme soou com desacostumada força, o iate adernou de modo terrível. Wilson, que estava no leme, foi derrubado por uma guinada repentina. O *Duncan* atravessara-se na vaga, e já não governava.

— Que foi? — bradou John Mangles, correndo para a ponte.

— O navio está adernando! — respondeu Tom Austin.

— Perdemos o leme?

— Para a máquina! Para a máquina! — bradou o engenheiro.

John correu para a máquina e precipitou-se pela escada. Uma nuvem de vapor enchia a câmara; os pistões estavam imóveis nos cilindros. O maquinista, vendo inutilizados os seus esforços, e receando pelas caldeiras, fechou a comunicação e deixou sair o vapor pelo tubo de segurança.

— O que temos? — perguntou o capitão.

— A hélice está quebrada ou presa, já não funciona — respondeu o maquinista.

— Não podemos soltá-la?

— Impossível.

Não era ocasião de procurar remédio para o acidente. A hélice não podia girar, e o vapor, não funcionando, saíra pelas válvulas. John devia recorrer às velas, e procurar um auxiliar no mesmo vento que se tornara o seu maior inimigo.

Tornou a subir e expôs em duas palavras a situação a lorde Glenarvan; em seguida instou com ele para que se recolhesse com os outros passageiros. Glenarvan se recusou.

— Não, milorde — replicou John Mangles, em tom firme — é preciso que eu esteja só aqui, com a minha tripulação. Retire-se. As vagas podem varrê-lo, sem consideração alguma.

— Mas podemos servir...

— É preciso que o senhor se retire, milorde! Há circunstâncias em que eu é que mando a bordo! Retire-se, é assim que eu quero!

Para Mangles expressar-se com tanta autoridade, era preciso que a situação fosse grave. Glenarvan compreendeu que cumpria a ele dar o exemplo. Deixou o convés, seguido dos seus três companheiros, e reuniu-se às duas passageiras, que esperavam ansiosas o desenlace da luta com os elementos.

— Que homem enérgico é o meu valente John! — disse Glenarvan, entrando na câmara.

Mangles não perdera um minuto para tirar o navio da situação perigosa em que estava. Resolveu conservar pano, e braceá-lo obliquamente, de modo que o navio se apresentasse de través à tempestade.

Dotado de altas qualidades náuticas, o navio manobrou como um cavalo rápido que sente a espora, e ofereceu o flanco às ondas invasoras. O velame já tão reduzido iria agüentar?

Era feito do melhor pano de Dundee; mas qual é o tecido que pode resistir a tamanha violência?

Navegar desta maneira tinha a vantagem de oferecer às ondas as porções mais sólidas do navio, e conservá-lo em sua direção primitiva. Não era, contudo, uma manobra isenta de perigos, porque o navio podia enrascar-se nos grandes intervalos que as ondas formavam entre si, e não tornar a se erguer. Mas John Mangles não tinha opção, e resolveu manter a manobra, enquanto a mastreação e as velas não viessem abaixo. A tripulação conservava-se à sua vista, pronta a dirigir-se aonde sua presença fosse necessária. John, agarrado aos ovéns, observava o mar encolerizado.

O resto da noite passou-se nesta situação. Esperava-se que a tempestade diminuísse com o romper do dia. Esperança baldada; pelas oito da manhã o vento aumentou mais ainda, transformando-se num tufão.

John nada disse, mas temeu pelo seu navio e por aqueles que ali estavam. O *Duncan* adernava de modo terrível; gemendo e estalando. Houve um momento em que a tripulação achou que a embarcação não se levantaria. Já os marinheiros, de machado em punho, corriam para cortar os ovéns do mastro grande, quando as velas arrancadas das relingas, voaram como gigantescos albatrozes.

O *Duncan* endireitou-se; mas, sem apoio nas vagas, sem direção, foi balançado de um modo espantoso, a ponto dos mastros começarem a quebrar pela carlinga. Não podia agüentar por muito tempo aquele balanço, e não tardaria que as bordas desconjuntadas, as costuras abertas, dessem passagem às ondas.

John Mangles só tinha um recurso: içar vela e fugir a tempo. Conseguiu-o depois de muitas horas de um trabalho vinte vezes desfeito antes de concluído. Só pelas três horas é que a vela pôde ser içada no estai do traquete.

Então, com este pedaço de pano, o *Duncan* governou e pôs-se a fugir de vento em popa, com incalculável rapidez. Dirigia-se para o nordeste, para onde a tempestade o impelia. Era preciso conservar-lhe a maior velocidade possível, porque só dela dependia a sua segurança. Algumas vezes, passando adiante das ondas impelidas juntamente com ele, fendia-as com a aguda proa, mergulhava por entre elas como enorme cetáceo, e deixava varrer a tolda da proa à popa. Noutros momentos, a sua velocidade igualava a das ondas, o leme perdia toda a ação, e dava enormes guinadas que ameaçavam lançá-lo de través. As vagas corriam mais depressa que o navio, impelidas pela força do tufão; então elas saltavam no navio, varrendo da popa à proa com violência irresistível.

Foi nesta situação assustadora, em meio as alternativas de esperança e desespero, que se passaram o dia 15 de dezembro e a noite que se seguiu. John Mangles não abandonou um só momento o seu posto; não se alimentou, torturado por temores que o seu rosto impassível não queria denunciar, e a sua vista procurava obstinadamente penetrar os nevoeiros acumulados no horizonte do norte.

Realmente, havia motivos para se recear. O *Duncan*, lançado fora do rumo, corria para a costa australiana a uma velocidade incontrolável. Mangles receava a cada momento o choque de um recife contra o qual o navio se despedaçaria em mil fragmentos.

Avaliava a distância da costa em cerca de vinte quilômetros. Ora, a terra é o naufrágio, é a perda de um barco. Vale cem vezes mais o imenso oceano, dos furores do qual um navio pode se defender, embora cedendo a eles. Mas quando a tempestade os arremessa contra as costas, está perdido.

Mangles foi procurar lorde Glenarvan, e em particular, expôs-lhe a grave situação, sem ocultar-lhe nada, encarando-a com o sangue-frio de um marinheiro disposto a tudo, e concluiu dizendo que talvez fosse obrigado a levar o *Duncan* para a costa.

— Para salvar os que vão dentro, se possível, milorde — disse ele.

— Faça o que bem entender, John — disse Glenarvan.

— E lady Helena? E a srta. Grant?

Então, com este pedaço de pano, o Duncan governou e pôs-se a fugir de vento em popa, com incalculável rapidez.

— Só irei preveni-las no instante em que tivermos perdido todas as esperanças de nos conservarmos no mar.

Glenarvan reuniu-se aos outros, que mesmo não conhecendo todo o perigo, o sentiam iminente. Mostravam grande coragem, e Paganel expunha as teorias mais inoportunas acerca das correntes atmosféricas. O jovem Robert o escutava atentamente, fazendo comparações entre tornados e ciclones. Já o major, esperava o fim com o fatalismo de um muçulmano.

Por volta das onze horas o tufão pareceu abrandar um pouco, e John pôde ver uma terra baixa, que ficava a cerca de dez quilômetros a sotavento. Corria para lá com toda a força. Monstruosas vagas rebentavam alcançando altura prodigiosa, de quinze metros ou mais. John sabia que elas encontravam ali ponto de apoio sólido, para atingirem tal altura.

— Temos bancos de areia — disse ele a Tom Austin.

— É o que me parece — replicou o imediato.

— Estamos nas mãos de Deus — disse John. — Se ele não oferecer uma passagem ao *Duncan*, e se ele mesmo não nos guiar, estamos perdidos.

— A maré está enchendo, talvez possamos passar os bancos, capitão.

— Repare na violência das vagas, Austin! Que navio pode lhes resistir? Oremos, meu amigo!

O *Duncan* avançava para a costa com aterradora velocidade. Não demorou a se achar a 5 quilômetros dos rochedos do banco. A cada instante os nevoeiros escondiam a terra. Contudo, John julgou avistar para lá da orla, uma bacia mais serena. Dentro dela, o *Duncan* estaria em relativa segurança. Mas como passar?

John fez com que os passageiros subissem para o convés, porque se houvesse um naufrágio, não queria que eles estivessem encerrados sob o tombadilho. Todos olharam para o furioso mar, e Mary Grant ficou pálida.

— John — disse Glenarvan, baixinho, — tentarei salvar minha mulher ou morrer com ela. Você se encarrega da srta. Grant?

— Sim, milorde.

O *Duncan* estava apenas alguns metros distante dos bancos. O mar, então na enchente, devia ser suficiente para que o navio passasse sem a quilha tocar nos perigosos baixos. Porém, as vagas enormes, levantando-o e abaixando-o alternadamente, deviam forçosamente fazê-lo levar algumas pancadas. Haveria algum meio de abrandar o movimento das ondas, acalmar aquele mar furioso?

Mangles teve uma última idéia:

— O azeite! — exclamou ele. — Derramem o azeite!

Esta ordem foi rapidamente compreendida pela tripulação. Tratava-se de usar um meio que algumas vezes dá bom resultado; pode-se abrandar a fúria das vagas, cobrindo-as com um lençol de azeite; o lençol sobrenada, e destrói o choque das ondas que ele lubrifica. O efeito é imediato, mas passageiro. Depois do navio atravessar, pobre de quem atravessar depois dele.

Os barris, que tinham a provisão do azeite de foca, foram içados para o castelo da proa pela tripulação, a quem o perigo centuplicava as forças. Arrombaram-nos a machado, e suspenderam-nos sobre as trincheiras de bombordo e estibordo.

— Esperem! — gritou Mangles, aguardando o momento propício.

Em vinte segundos o navio chegou à entrada do canal, encoberta por uma enorme vaga. Era o momento.

— Agora! — gritou o capitão.

Os barris foram virados, e do seu interior saíram grandes jorros de azeite. Instantaneamente o untuoso lençol nivelou, por assim dizer, a superfície espumante do mar. O *Duncan* voou sobre as águas tranqüilas, e achou-se bem depressa numa bacia serena, para lá dos temíveis bancos, enquanto que o oceano saltava por trás dele, com furor indescritível.

6
O CABO BERNOUILLI

A primeira providência de Mangles foi amarrar o navio solidamente com duas âncoras, o que foi facilitado pelo fundo, que era de saibro duro. Não havia, portanto, perigo algum do navio encalhar na baixa-mar. Depois de tantas horas de perigo, o *Duncan* achava-se numa espécie de porto, abrigado dos ventos do mar por uma língua de terra em formato circular.

— Obrigado, John — disse lorde Glenarvan, apertando a mão do jovem capitão.

O capitão sentiu-se generosamente recompensado com estas simples palavras. Glenarvan guardou para si as angústias que tinha sofrido, e nem lady Helena, Mary ou Robert suspeitaram da gravidade da situação que haviam enfrentado.

Havia um ponto importante a esclarecer. A que lugar da costa o *Duncan* tinha sido arremessado, depois daquela terrível tempestade? Onde ele havia de tornar a principiar o paralelo designado? A que distância ficava o cabo Bernouilli? Estas foram as primeiras perguntas dirigidas a Mangles, que logo fez suas verificações.

Afinal, o *Duncan* não havia se desviado muito do caminho: apenas dois graus. Achava-se por 136° 12' de longitude e 35° 07' de latitude, no cabo Catástrofe, situado numa das extremidades da Austrália, e a 500 quilômetros do cabo Bernouilli.

O cabo Catástrofe faz fronteira com o cabo Borda, formado pelo promontório da ilha Canguru. Entre estes dois cabos abre-se o estreito do Investigador, que conduz a dois golfos bem profundos, um situado ao norte, o golfo Spencer, outro ao sul, o golfo de S. Vicente. Na costa oriental deste último abre-se o porto de Adelaide, capital da província chamada Austrália meridional. Esta cidade, fundada em 1836, tem quarenta mil habitantes e muitos recursos. A principal atividade é a plantação de uvas e laranjas, sendo que a indústria não é muito forte, havendo mais agricultores do que engenheiros.

Sobre os reparos do *Duncan*, esta era uma questão a ser resolvida. Mangles mandou fazer um levantamento dos reparos a serem feitos. Os mergulhadores descobriram que uma das hastes da hélice estava torcida, o que foi considerado avaria grave.

Após muitas reflexões, Glenarvan e o capitão tomaram a decisão de que o *Duncan* seguiria à vela o contorno das costas australianas, procurando os vestígios da *Britannia*, deteria-se no cabo Bernouilli, onde tomariam as últimas informações, e então navegariam até Melbourne, onde poderiam facilmente reparar suas avarias. Com a hélice consertada, o *Duncan* cruzaria as costas orientais para terminar suas pesquisas.

Mangles resolveu aproveitar o primeiro vento favorável para partir, e não teve que esperar muito tempo. Depois do tufão, seguiu-se uma brisa suave, soprando para sudoeste. Às quatro da manhã partiram.

Duas horas depois o cabo Catástrofe perdeu-se de vista, e o navio achou-se na altura do estreito Investigador. Naquela noite dobraram o cabo Borda, costeando a ilha Canguru à distância de alguns quilômetros. Esta é a maior das ilhotas australianas, e serve de refúgio para os deportados. O seu aspecto era encantador. Imensos tapetes de relva revestiam os rochedos estratificados das margens. Como nos tempos da descoberta, em 1802, viam-se saltar imensos bandos de cangurus através dos bosques e planícies. No dia seguinte, enquanto o *Duncan* bordejava, suas embarcações foram mandadas para a terra, com a missão de visitar os bancos das margens. O *Duncan* achava-se no paralelo trinta e seis, e até o paralelo trinta e oito, Glenarvan não queria deixar nem um ponto sem explorar.

Durante o dia 18 de dezembro, o *Duncan* passou muito próximo da baía Encounter. Foi ali que, em 1828, o viajante Sturt aportou, depois de ter descoberto o Murray, o maior rio da Austrália meridional. Já não se viam as margens verdejantes da ilha Canguru, mas áridos montes, que quebravam às vezes a monótona uniformidade de uma costa baixa e recortada, e um ou outro penhasco sombrio, um ou outro promontório de areia, enfim, toda a aridez de um continente polar.

Durante esta navegação, as embarcações fizeram serviço pesado. Os marinheiros não se queixavam. Glenarvan, o inseparável Paganel e o jovem Robert os acompanhavam. Queriam procurar vestígios da *Britannia* com os seus próprios olhos. Mas essa exploração nada descobriu. Contudo, não se devia perder completamente a esperança, enquanto não se chegasse ao ponto precisamente indicado pelo documento. Não se procedia deste modo senão por excesso de prudência, e para não se deixar nada entregue ao acaso. A costa estava sendo esquadrinhada escrupulosamente.

Foi assim que no dia 20 de dezembro chegaram à altura do cabo Bernouilli, o qual termina a baía de Lacépède. Não se encontrara vestígios do naufrágio. Porém, tão mau resultado coisa alguma demonstrava. Com efeito, no espaço de dois anos, que era o tempo decorrido depois da catástrofe, o mar poderia ter dispersado e consumido os restos do barco. Além disso, os indígenas podiam ter recolhidos pequenos destroços. Depois, Harry Grant e os seus dois companheiros aprisionados no momento em que as vagas os arremessavam às costas, tinham sem dúvida sido levados para o interior do continente.

Neste caso, uma das mais engenhosas hipóteses de Paganel seria destruída. Enquanto se tratava de território argentino, o geógrafo podia, com razão, dizer que as indicações do documento se referiam ao local do cativeiro, e não do naufrágio; os grandes rios dos Pampas, os seus numerosos afluentes, lá estavam para trazer ao mar o precioso documento. Aqui, pelo contrário, nesta parte da Austrália escasseiam as correntes; o rio Colorado e o rio

Negro vão lançar-se no mar através de plagas desertas, desabitadas e inabitáveis, enquanto que os principais rios da Austrália, o Murray, o Yarra, o Torrens, o Darling, ou deságuam uns nos outros, ou se precipitam no oceano por embocaduras que se tornaram ancoradouros freqüentados, portos onde a navegação é ativa. Em vista disso, que probabilidade havia de que a garrafa pudesse ter descido por correntes cortadas pela navegação, e chegar daquele modo ao oceano Índico?

Esta impossibilidade não escaparia a espíritos perspicazes. A hipótese de Paganel, plausível na Patagônia, era falta de lógica na Austrália. Paganel reconheceu isto numa discussão a este respeito com o major Mac-Nabs. Tornou-se evidente que os graus mencionados no documento se referiam ao local do naufrágio, e portanto, a garrafa tinha sido lançada ao mar no local onde ocorrera o desastre com a *Britannia*.

No entanto, como Glenarvan observou, esta interpretação não excluía a hipótese do cativeiro do capitão Grant. O capitão, no documento, pressentira o perigo, ao dizer "onde serão prisioneiros de cruéis indígenas". Já não existia razão para procurar os prisioneiros no paralelo trinta e sete, em vez de procurar em qualquer outro.

Esta discussão acabou com a conclusão de que, se não encontrassem no cabo Bernouilli vestígios da *Britannia*, lorde Glenarvan nada mais tinha a fazer senão voltar à Europa. Suas pesquisas teriam sido infrutíferas, mas cumprira seu dever corajosamente.

Isto entristeceu os passageiros do *Duncan*, e trouxe desespero a Robert e Mary Grant. Partindo em companhia de lorde e lady Glenarvan, os filhos do capitão achavam que o salvamento do pai era questão de tempo.

— Tenha esperança! — repetia lady Helena à jovem, sentada ao seu lado. — A mão de Deus não nos abandonará!

— Sim, srta. Mary — disse o capitão Mangles.— Por muitas vezes esgotam-se todos os recursos, e a intervenção divina acaba por abrir novos horizontes.

— Deus o ouça, sr. John! — replicou Mary.

A praia estava a poucos metros; rematava por suaves declives a extremidade do cabo que avançava cinco quilômetros mar adentro. A embarcação fundeou num pequeno porto natural, entre bancos de coral em via de formação, os quais, com o tempo, virão a constituir uma cinta de recifes na parte meridional da Austrália. No entanto, já eram suficientes para destruir o casco de um navio, e a *Britannia* podia ter-se esmigalhado ali completamente.

Os passageiros do *Duncan* desembarcaram sem dificuldade numa praia absolutamente deserta. Penedias formavam uma encosta de 20 a 30 metros de altura, difíceis de se escalar. Felizmente Mangles descobriu, a um quilômetro ao sul, uma brecha produzida por um desabamento parcial da penedia. Provavelmente o mar, durante suas explosões de cólera no equinócio, batia naquela barreira, causando a queda de pedaços superiores da penedia.

Glenarvan e seus companheiros meteram-se por esta passagem, chegando ao alto por um declive bem íngreme. Como um gato, Robert trepou pelo caminho, e para grande humilhação de Paganel, que viu suas grandes pernas de quarenta anos vencidas por pernas de doze anos, o jovem chegou primeiro ao cimo da penedia. Contudo, Paganel conseguiu chegar bem antes do major, que não conseguia andar depressa.

O pequeno bando reunido não demorou muito ali, examinando a planície que se desenrolava à frente. Era um vasto terreno inculto, coberto por mato, numa região estéril, que Glenarvan comparou aos vales das baixas regiões da Escócia, e Paganel às áridas charnecas da Bretanha. Ao longe, avistaram, no entanto, algumas construções.

— Um moinho! — exclamou Robert.

De fato, a cinco quilômetros de distância, giravam as pás de um moinho.

— Vamos até lá! — comandou Glenarvan.

Puseram-se novamente a caminho, e depois de meia hora de marcha, o solo, revolvido pela mão do homem, tomou novo aspecto. A transição do terreno estéril para o campo cultivado foi repentina. Em vez do mato, sebes vivas cercavam um campo recentemente lavrado; alguns bois e cavalos pastavam nos prados. Pouco a pouco foram aparecendo campos cobertos de cereais, grandes montes de feno, vários telheiros e abrigos, e finalmente, uma casinha simples, que o moinho dominava com seu teto alto e agudo.

Neste momento, um homem de uns cinqüenta anos, de fisionomia simpática, saiu da casa principal, avisado pelo ladrar de quatro cães, que anunciavam a chegada dos estrangeiros. Cinco robustos rapazes, seus filhos, seguiram-no, acompanhados da mãe, mulher alta e robusta. Aquele homem, rodeado da sua família, no meio daquelas construções ainda novas, naquele campo quase virgem, era o tipo perfeito do colono irlandês, que cansado das misérias do seu país, decidiu-se a ir procurar fortuna além-mar.

Glenarvan ainda não tinha se apresentado, quando estas palavras cordiais os acolheram:

— Sejam bem-vindos à casa de Paddy O´Moore.

— É irlandês? — perguntou Glenarvan, apertando a mão que o colono lhe oferecia.

— Já fui — respondeu O´Moore. — Agora sou australiano. Entrem, senhores, a casa é sua.

Nada havia a fazer, senão aceitar o convite feito tão gentilmente. Lady Helena e Mary Grant, conduzidas pela senhora O´Moore, entraram na casa, enquanto os filhos dos colonos ajudavam os visitantes com suas armas.

Uma sala clara, vasta e fresca, ocupava o rés-do-chão da casa. Alguns bancos de madeira, encostados nas paredes pintadas de cores alegres, alguns bancos, dois aparadores de carvalho onde estava a louça branca, alguns caldeirões de estanho, uma comprida e larga mesa, na qual vinte convidados podiam sentar-se muito à vontade, formavam uma mobília digna daquela casa sólida, e dos moradores dela.

O almoço estava na mesa. A terrina de sopa fumegava entre o rosbife e a perna de carneiro assado, rodeado de grandes pratos com azeitonas, laranjas e uvas. Os donos da casa tinham um aspecto tão agradável, a mesa parecia tão tentadora, vasta e abundante, que seria descortesia não se juntarem a eles. Os empregados da propriedade também tomavam as refeições ali, e Paddy O´Moore indicou o lugar reservado aos estrangeiros.

— Eu os estava esperando — disse ele, singelamente, para lorde Glenarvan.

— O senhor? — redargüiu ele, surpreso.

— Espero sempre os que vêm — replicou o irlandês.

Depois, com voz grave, enquanto os criados e a família se conservavam respeitosamente em pé, rezou. Lady Helena sentiu-se comovida com esta simplicidade, assim como seu marido.

Na hora da refeição, a conversa girou sobre a história do imigrante. O´Moore contou sua história, igual a de todos os imigrantes a quem a miséria faz com que abandonem a pátria. Muitos deles vêm procurar fortuna longe dela e só encontram desgosto e infortúnio. Acusam a sorte, esquecendo-se da sua falta de inteligência, da preguiça e dos vícios. Todo aquele que é sóbrio, corajoso, econômico e honrado, triunfa.

Assim aconteceu com O´Moore. Ele deixou Dundalk, onde literalmente morria de fome, e desembarcou com a família em Adelaide. Tornou-se agricultor, e dois meses depois já tinha sua propriedade, atualmente tão próspera.

O território da Austrália do sul é dividido em lotes de 32,32 hectares. Estas diversas porções de terreno são cedidas aos colonos pelo governo, e cada lote proporciona os meios de subsistência ao agricultor laborioso.

Paddy O´Moore sabia disso. Os seus conhecimentos agronômicos serviam-lhe de muito. Viveu, economizou, adquiriu novos lotes com os lucros do primeiro. Sua família prosperou, assim como a sua exploração agrícola. O camponês irlandês tornou-se proprietário de terras, e apesar de sua propriedade não ter dois anos de existência, tinha colheita farta e quinhentas cabeças de gado. Era senhor de si, independente como se pode ser no país mais livre do mundo.

Os viajantes felicitaram sinceramente ao irlandês. Depois de terminar sua narrativa, o discreto irlandês não procurou saber quem eram seus hóspedes. Era destas pessoas discretas, que dizem: "Eis o que eu sou, mas não vou perguntar quem são vocês". Glenarvan, no entanto, tinha interesse imediato em falar do *Duncan*, da sua presença no cabo Bernouilli, e das pesquisas que faziam. Porém, prático, tratou de interrogar O'Moore a respeito do naufrágio da *Britannia* primeiro.

A resposta do irlandês não foi favorável. Nunca tinha ouvido falar daquele navio, e nos dois últimos anos nenhum barco viera dar à costa. Ora, a catástrofe datava de apenas dois anos. Podia dizer, com certeza, que os náufragos não tinham sido arremessados naquela porção das praias do oeste.

— Milorde, agora quero perguntar-lhe o seu interesse ao dirigir-me esta pergunta.

Glenarvan então contou ao colono a história do documento, e as tentativas que vinha fazendo para encontrar o capitão Grant. Não ocultou que suas esperanças se desvaneciam diante de tão decisivas afirmativas, e que se desesperava ao não encontrar os vestígios da *Britannia*.

Tais palavras produziram dolorosa impressão nos ouvintes. Robert e Mary tinham os olhos umedecidos de lágrimas. Paganel não achava uma palavra de consolo e esperança. Mangles partilhava desta dor, que ele mesmo não poderia minorar. O desespero começava a apoderar-se da alma desses homens generosos, quando soaram as seguintes palavras:

— Milorde, dê graças ao Senhor! Se o capitão Grant está vivo, encontra-se na Austrália!

7
AYRTON

A surpresa provocada por estas palavras foi indescritível. Glenarvan levantou-se de um salto, e fazendo recuar com violência o banco em que estava sentado, exclamou:

— Quem disse isso?

— Eu — respondeu um dos servidores de Paddy O'Moore.

— Você, Ayrton? — exclamou o colono, não menos estupefato que Glenarvan.

— Eu — repetiu Ayrton, com voz comovida, mas firme, — eu, um escocês como milorde, eu, um dos náufragos da *Britannia*!

Mary Grant, quase desmaiada pela emoção, caiu nos braços de lady Helena, ao escutar esta declaração. Mangles, Robert e Paganel correram para perto de Ayrton.

Era um homem de cerca de quarenta e cinco anos, fisionomia rude e olhar brilhante. Devia ter força pouco comum, apesar da sua magreza. Era todo ossos e nervos, e segundo o ditado escocês, não perdia tempo em criar gordura. A estatura mediana, os ombros largos, os movimentos desembaraçados, a feição inteligente e enérgica, se bem que um pouco carregada, tornavam-no simpático. Além disso, os vestígios de recentes angústias que se viam em seu rosto, aumentavam esta simpatia. Via-se que sofrera muito, se bem que parecesse homem capaz de suportar o sofrimento, enfrentando-o e vencendo-o.

Glenarvan e seus companheiros perceberam tudo isto. A personalidade de Ayrton sobressaía logo. Arvorando-se em intérprete de todos, Glenarvan bombardeou-o com perguntas, e o encontro causou comoção recíproca.

— Você é um dos náufragos da *Britannia*? — foi uma das primeiras perguntas de Glenarvan, que se sucederam precipitadamente, sem ordem e como que involuntariamente.

— Sim, milorde, contramestre do capitão Grant.

— Salvo com ele depois do naufrágio?

— Não, milorde, não. Nesse momento terrível, fui separado dele, arrebatado da tolda, arremessado para a costa.

— Não é então nenhum dos dois marinheiros de que fala o documento?

— Não. Não conhecia a existência desse documento. O capitão lançou-o ao mar quando já eu não estava a bordo.

— Mas e o capitão?

— Julgava-o afogado, desaparecido, tragado com toda a tripulação da *Britannia*. Pensava que eu era o único a ter sobrevivido à catástrofe.

— Mas o senhor disse que o capitão está vivo!

— Não. Eu disse: "se o capitão Grant está vivo...".

— Você continuou: "encontra-se na Austrália!".

— Só pode estar aqui, de fato!

— Então, não sabe onde ele está?

— Não, milorde. Torno a dizer que o julgava sepultado nas ondas, ou despedaçado contra os rochedos. É o senhor quem me informa que ele talvez ainda viva.

— Mas então, o que você sabe? — perguntou Glenarvan.

— Só isto. Se o capitão estiver vivo, só pode estar na Austrália.

— Onde aconteceu o naufrágio? — perguntou então MacNabs.

Era a primeira pergunta que devia ter sido feita, mas no meio da comoção, Glenarvan, na pressa de saber onde estava o capitão, não se informara do local onde a *Britannia* se perdera. Daquele momento em diante, a conversa, até então vaga e ilógica, confundindo fatos e alterando datas, tomou um andamento mais razoável, e dali a pouco todos os detalhes daquela história obscura apareceram nítidos e precisos aos ouvintes.

— Quando eu fui arrebatado ao castelo da proa, onde estava arriando a bujarrona, a *Britannia* corria em direção à costa da Austrália. Não estávamos longe. O naufrágio foi, portanto, naquele mesmo lugar.

— Trinta e sete graus de latitude? — perguntou Mangles.

— Exatamente — respondeu Ayrton.

— Na costa ocidental?

— Não! Na oriental — replicou Ayrton, com vivacidade.

— E em que época?

— Na noite de 27 de junho de 1862.

— É isso! É isso! — exclamou Glenarvan.

— E então milorde — acrescentou Ayrton, — posso dizer, com razão, que se o capitão Grant ainda vive, está no continente Australiano!

— E haveremos de salvá-lo, meu amigo — exclamou Paganel, que acrescentou ingenuamente: — Ah! Este precioso documento veio parar em mãos de gente bem perspicaz, tenho que confessar!

Ninguém ouviu estas palavras lisonjeiras, já que todos se agrupavam ansiosamente em torno de Ayrton, apertando-lhe as mãos. Parecia que aquele homem era uma garantia de salvação para Harry Grant. Visto que o marinheiro escapara com vida do naufrágio, porque o capitão não poderia sair são e salvo da mesma catástrofe? Ayrton repetia, energicamente, que o capitão Grant devia estar vivo, assim como ele. Onde, não sabia dizer, mas certamente ali no continente. Respondia com inteligência e precisão todas as inúmeras perguntas que lhe dirigiam. A srta. Mary, enquanto ele falava, segurava-lhe uma das mãos. Era um companheiro do seu pai, um dos tripulantes da *Britannia*! Vivera junto de Harry Grant, correra com ele os mares, enfrentara os mesmos perigos! Mary não podia arredar a vista daquela fisionomia rude, e chorava de felicidade.

Até então ninguém se lembrara de colocar em dúvida a verdadeira identidade do contramestre. Só o major, e talvez Mangles, menos fáceis de se convencerem, perguntavam a si mesmos se as palavras de Ayrton mereciam inteira confiança. O seu encontro imprevisto podia despertar algumas suspeitas. Era certo que Ayrton citara fatos e datas exatas, o que era importante frisar. Mas as minuciosidades, por muito exatas que sejam, não constituem uma certeza, e geralmente, como se tem notado, a mentira impõe-se pelo rigor das particularidades. O major Mac-Nabs guardou, portanto, a sua opinião para si, e absteve-se de emitir voto na questão.

Quanto a Mangles, suas dúvidas não resistiram muito tempo às palavras do marinheiro, e considerou-o um verdadeiro companheiro do capitão Grant, quando o escutou falar do pai à jovem Mary. Ayrton conhecia bem Mary e Robert. Vira-os em Glasgow por ocasião da partida da *Britannia*. Referiu-se à sua presença no almoço de despedida dado a bordo aos amigos do capitão. Tinham confiado Robert, — que tinha então dez anos, — aos cuidados de Dick Turner, o mestre do navio, mas ele havia conseguido escapar.

— É verdade, é verdade! — dizia Robert.

E assim Ayrton recordava mil fatos insignificantes, sem parecer dar-lhes a importância que Mangles lhes dava. E quando ele se calava, Mary dizia docemente:

— Continue, senhor Ayrton, fale mais de nosso pai!

O contramestre satisfez o melhor que pôde os desejos da jovem. Glenarvan não queria interrompê-lo, mas muitas perguntas tumultuavam seu espírito; lady Helena, porém, mostrando-lhe a alegre comoção de Mary, fez com que se detivesse. Foi nesta conversa que Ayrton contou a história da *Britannia* e a sua viagem através dos mares do Pacífico. Mary Grant conhecia grande parte desta história, porque as notícias que tinha do navio iam até o mês de maio do ano de 1862. Durante este período de um ano, Harry Grant tocou nas principais terras da Oceania: Hébrides, Nova Guiné, Nova Zelândia, Nova Caledônia, sofrendo com a má vontade das autoridades inglesas, porque seu navio estava resgistrado nas colônias britânicas. Entretanto, achara um local importante na costa ocidental da Papuasia; ali o estabelecimento de uma colônia escocesa pareceu-lhe fácil, e certa a sua prosperidade. Efetivamente, um porto na rota das Molucas e das Filipinas devia atrair os navios, principalmente quando a abertura do istmo do Suez suprimisse a via do cabo da Boa Esperança.

Depois do reconhecimento da Papuasia, a *Britannia* foi procurar mantimentos em Callao, largando dali no dia 30 de maio de 1862, para voltar à Europa pelo oceano Índico, e cabo da Boa Esperança. Três semanas depois de partir, uma terrível tempestade castigou o navio, e foi preciso cortar os mastros. Um enorme rombo surgiu no casco, e a tripulação, extenuada, nada pôde fazer. Durante oito dias a *Britannia* navegou ao sabor da tempestade. Tinha 2 metros de água no porão, e ia afundando aos poucos. As embarcações tinham sido arrebatadas pela tempestade. Era preciso resignarem-se à morte quando, na noite de 22 de junho, como Paganel deduzira, avistaram a costa oriental da Austrália. Dali a pouco o navio deu à costa. Houve um choque terrível. Naquele momento, arrebatado por uma vaga, Ayrton foi arremessado sobre os recifes, perdendo os sentidos. Quando voltou a si, estava em poder dos indígenas, que o levaram para o interior do continente. Desde então nunca mais ouviu falar da *Britannia*, e pensou, não sem razão, que se havia perdido completamente nos perigosos recifes de Twofold-Bay.

Aqui terminava sua narração com relação ao capitão Grant, e mais uma vez ela arrancou dolorosas exclamações. O major não podia, sem cometer uma injustiça, duvidar da sua autenticidade. Mas, depois da história da *Britannia*, a história particular de Ayrton devia despertar interesse ainda maior.

Graças ao documento, não havia dúvida de que o capitão Grant, assim como Ayrton, sobrevivera ao naufrágio, na companhia de dois marinheiros. Da sorte de um, podia-se facilmente deduzir a sorte do outro. E então, pediram a Ayrton que contasse suas aventuras.

O marinheiro contou então que, prisioneiro de uma tribo indígena, foi conduzido para o interior, em terras banhadas pelo Darling, isto é, 700 quilômetros ao norte do paralelo trinta e sete. Viveu aí miseravelmente, porque a tribo também era miserável, mas não foi maltratado. Foram dois anos de uma longa e penosa escravidão. No entanto, a esperança de recuperar a liberdade não lhe saía do coração. Espreitava a menor ocasião de se salvar, apesar de saber que a fuga o lançaria em inumeráveis perigos.

Numa noite de outubro de 1864, iludiu a vigilância dos seus captores e desapareceu nas profundezas de imensas florestas. Durante um mês, vivendo de raízes comestíveis, vagueou entre estas vastas solidões, guiando-se de dia pelo sol, de noite pelas estrelas, muitas vezes abatido pelo desespero. Atravessou assim pântanos, rios, montanhas, toda a porção desabitada do continente, que raros viajantes têm pisado nos seus arrojados itinerários. Finalmente, exausto, meio morto, chegou à hospitaleira casa de Paddy O´Moore, onde conseguiu um teto e comida em troca de seu trabalho.

— Ayrton, se me tece elogios — disse o colono irlandês, — também os merece! É inteligente, honesto, trabalhador, e será bem-vindo à minha casa enquanto assim o quiser.

Ayrton agradeceu ao irlandês, esperando que lhe dirigissem novas perguntas. Entretanto, a curiosidade dos ouvintes devia estar satisfeita. Afinal, o que mais ele teria a dizer que já não fora dito? Glenarvan já ia começar a discutir sobre um novo plano, aproveitando o encontro com Ayrton, e suas informações, quando o major perguntou:

— Era contramestre a bordo da *Britannia*?

— Sim — respondeu Ayrton, sem hesitar.

Mas, percebendo que uma leve desconfiança, uma dúvida, por pequena que fosse, tinha ditado as palavras do major, acrescentou:

— Eu salvei meu contrato de marinheiro a bordo da *Britannia*.

E saiu no mesmo instante da sala, para ir buscar o documento. A ausência durou pouco. Mas Paddy teve tempo de dizer:

— Milorde, garanto que Ayrton é um bom homem. Há cerca de dois meses que está trabalhando comigo, e não tenho reclamações. Conhecia a história do seu naufrágio e cativeiro. É um homem leal, digno de toda a confiança.

Glenarvan já ia responder que nunca duvidara da boa fé de Ayrton, quando este tornou a entrar, apresentando seu contrato. Era um papel assinado pelos armadores da *Britannia* e pelo capitão Grant, cuja assinatura Mary reconheceu. Certificava que "Tom Ayrton, marinheiro de primeira classe, estava contratado como contramestre a bordo da galera *Britannia*, de Glasgow". Já não havia, pois, dúvidas a respeito da identidade de Ayrton, porque seria difícil admitir que aquele documento estivesse em suas mãos e não lhe pertencesse.

— Agora — disse Glenarvan, — peço o conselho de todos, sobre o que convém fazer. Os seus esclarecimentos, Ayrton, são para nós particularmente preciosos, e ficaria grato se nos ajudasse.

— Agradeço sua confiança, milorde — disse Ayrton, depois de alguns momentos de reflexão, — e espero mostrar-me digno dela. Conheço um pouco do país, os costumes dos indígenas, e se posso lhe ser útil...

— Certamente! — redargüiu Glenarvan.

— Concordo com milorde — continuou Ayrton. — Se o capitão Grant e seus dois marinheiros foram salvos do naufrágio, e não alcançaram possessões inglesas, já que não apareceram, creio que tiveram a mesma sorte que a minha, e estejam prisioneiros de alguma tribo.

— E você acha que eles foram levados para além do paralelo trinta e sete? — perguntou Paganel.

— Creio que sim — respondeu Ayrton. — As tribos inimigas fogem dos distritos submetidos aos ingleses.

— Isto irá complicar nossas pesquisas — disse Glenarvan. — Como vamos achar rastos dos prisioneiros num continente tão vasto?

Um silêncio prolongado seguiu-se a esta observação. O próprio Paganel, contra seus hábitos, estava silencioso. Mangles cruzava a sala a largos passos, mostrando-se deveras embaraçado.

— E o senhor, o que faria? — perguntou lady Helena, dirigindo-se a Ayrton.

— Milady — respondeu Ayrton, vivamente, — eu tornaria a embarcar no *Duncan*, e iria direto ao local do naufrágio. Ali faria o que me aconselhassem as circunstâncias, e os indícios que o acaso me mostrasse.

— Será preciso esperar que o *Duncan* seja reparado — disse Glenarvan.

— Ah, tiveram avarias? — perguntou Ayrton.

— Sim — respondeu Mangles.

— Graves?

— Não. Mas o conserto torna necessário o emprego de ferramentas que só poderemos encontrar em Melbourne. Uma das hastes da hélice está torcida.

— Não podem ir à vela? — perguntou o cabo.

— Poderíamos. Mas mesmo se os ventos não lhe contrariarem o andamento, o *Duncan* levará muito tempo para chegar a Twofold-Bay, e em todo caso, será preciso que volte para Melbourne.

— Pois bem! Que o *Duncan* vá para Melbourne — exclamou Paganel, — enquanto nós vamos para Twofold!

— Como? — perguntou Mangles.

— Atravessando a Austrália como atravessamos a América: seguindo o paralelo trinta e sete!

— Mas, e o *Duncan*? — insistiu Ayrton, de um modo muito particular.

— O *Duncan* irá ter conosco, ou nós iremos ter com ele, conforme as circunstâncias. Se durante nossa viagem encontrarmos o capitão Grant, voltaremos juntos para Melbourne. Se, pelo contrário, tivermos de continuar a viagem até a costa, o *Duncan* virá ter conosco. Alguém tem algo contra este plano? Major?

— Não — respondeu Mac-Nabs, — desde que seja possível uma viagem através da Austrália.

— Tão possível, que proponho que lady Helena e a srta. Grant nos acompanhem — disse Paganel.

— Fala sério? — perguntou Glenarvan.

— Seriíssimo! É uma viagem de cerca de 700 quilômetros, e fazendo uns 20 quilômetros por dia, durará um mês apenas, isto é, o tempo necessário para os reparos do *Duncan*. Ora, se tivéssemos que atravessar o continente australiano numa latitude inferior, se fosse preciso cortá-lo na sua maior largura, passar pelos imensos desertos onde falta água e o calor é tórrido, fazer o que nem os mais arrojados viajantes fizeram, aí seria diferente! Mas o paralelo trinta e sete corta a província de Vitória, um país inglês, como os países ingleses são, com estradas, ferrovias, e povoada na maior parte da sua extensão. É menos que uma viagem, e sim um passeio. Como de Londres a Edimburgo, nada mais.

— Mas, e os animais ferozes? — disse Glenarvan, querendo levantar todas as objeções possíveis.

— Não há animais ferozes na Austrália.

— E os selvagens?

— Não há selvagens nesta latitude, e em todo caso, não têm a crueldade dos habitantes da Nova Zelândia.

— E os convictos?

— Não há convictos nas províncias meridionais da Austrália, somente nas colônias do oriente. A província de Vitória não só os expulsou, como fez uma lei para afastar do seu território os condenados libertos de outras províncias. O governo de Vitória chegou até, neste ano, a ameaçar a companhia peninsular de lhe tirar o subsídio, se os seus navios continuassem a abastecer-se de carvão nos portos da Austrália meridional, onde os convictos são admitidos. Como o senhor não sabe disso, sendo inglês?

— Eu não sou inglês! — replicou Glenarvan.

— O sr. Paganel tem razão — disse então Paddy O´Moore. — Não é só a província de Vitória, mas também a Austrália meridional, Queensland, a própria Tasmânia, estão de acordo em afastar os deportados do seu território. Desde que moro aqui, nunca ouvi falar de um só convicto.

— Eu nunca os encontrei — acrescentou Ayrton.

— E então, meus amigos? — prosseguiu Paganel. — Poucos selvagens, nenhum animal feroz, nenhum convicto. Há poucos países da Europa de que se possa dizer outro tanto! E então, estamos combinados?

— O que lhe parece, Helena? — perguntou Glenarvan.

— Ora, o que parece a todos, querido Edward! — respondeu Helena, voltando-se para os seus companheiros: — A caminho! A caminho!

8
A PARTIDA

Glenarvan não tinha por costume perder tempo entre a adoção de uma idéia e a sua execução. Logo que aceitou a proposta de Paganel, deu ordens imediatas para que os preparativos da viagem se fizessem o mais brevemente possível. A partida foi fixada para dali a dois dias, 22 de dezembro.

Quais seriam os resultados desta travessia da Austrália? Visto que a presença de Harry Grant se tornara um fato indiscutível, as conseqüências da expedição podiam ser grandes. Aumentava o número das probabilidades favoráveis. Ninguém tinha esperança de encontrar o capitão Grant precisamente na linha do paralelo trinta e sete, que ia ser rigorosamente seguida; mas era possível encontrar seus rastos, e em todo caso, este paralelo conduzia diretamente ao local do naufrágio. Este era o ponto principal.

Além disso, se Ayrton concordava em reunir-se aos viajantes, em guiá-los através das florestas da província de Vitória, em conduzi-los até a costa oriental, oferecia-se nova probabilidade de êxito. Glenarvan sabia disso; desejava muito obter o útil auxílio do companheiro de Harry Grant, e perguntou a O´Moore se ele se importaria se propusessem a Ayrton que se reunisse à expedição.

Paddy O´Moore deu o seu consentimento, não sem lamentar a perda de tão excelente empregado.

— E então, Ayrton, irá nos acompanhar?

Ayrton não respondeu logo a esta pergunta, e pareceu até hesitar. Depois de refletir bem, disse:

— Sim, milorde, eu vou. E se não o conduzir até os rastos do capitão Grant, ao menos eu o levarei até o local onde o navio se despedaçou.

— Obrigado, Ayrton — respondeu Glenarvan.

— Uma só pergunta, milorde. Onde se encontrará com o *Duncan*?

— Em Melbourne, se não atravessarmos a Austrália de uma costa a outra. Na costa oriental, se as nossas investigações se prolongarem até lá.

— Mas e o seu capitão?

— O meu capitão irá esperar minhas instruções no porto de Melbourne.

— Muito bem, milorde, pode contar comigo!

— Obrigado, Ayrton!

O contramestre da *Britannia* recebeu os calorosos agradecimentos dos passageiros do *Duncan*. Os filhos do capitão Grant prodigalizaram-lhe os mais afetuosos cumprimentos. Todos se felicitavam pela sua decisão, salvo o irlandês, que perdia nele um auxiliar inteligente e fiel. Mas Paddy compreendia a importância desta missão, e resignou-se. Glenarvan encarregou-se de arranjar os meios de transporte para a viagem através da Austrália, e feita esta combinação, os passageiros voltaram para bordo, depois de combinarem com Ayrton a data da partida.

O regresso foi alegre. Tudo estava mudado, e desaparecera a menor sombra de hesitação. Os corajosos exploradores já não seguiam às cegas a linha do paralelo trinta e sete. Não restava dúvida de que Harry Grant achara refúgio no continente, e todos sentiam a verdadeira satisfação que dá a certeza depois da dúvida.

Se tudo corresse bem, dentro de dois meses o *Duncan* reconduziria o capitão Grant de volta à Escócia.

Quando Mangles apoiou a proposta de se tentar a travessia da Austrália, supunha que daquela vez acompanharia a expedição. Por isso teve a tal respeito uma conferência com Glenarvan. Fez valer em seu favor toda a espécie de argumento, a sua dedicação para com lady Helena, para com lorde Glenarvan, a sua utilidade como organizador da caravana, e a sua inutilidade como capitão a bordo do *Duncan*; enfim, milhares de excelentes razões, exceto a melhor, da qual Glenarvan não tinha necessidade para se convencer do que dizia o capitão.

— Uma pergunta só, John — disse Glenarvan. — Tem confiança absoluta no seu imediato?

— Absoluta — respondeu Mangles. — Tom Austin é um bom marinheiro. Conduzirá o *Duncan* ao seu destino, irá repará-lo e tornará a trazê-lo no prazo combinado. Austin é cumpridor do dever, disciplinado. Nunca tomará a resolução de modificar ou adiar a execução de qualquer ordem. Milorde pode contar com ele como se fosse comigo mesmo!

— Muito bem, John — redargüiu Glenarvan, sorrindo — irá nos acompanhar. Mesmo porque, será bom que esteja presente quando acharmos o pai de Mary Grant.

— Oh, milorde!... — murmurou Mangles, e foi só o que pôde dizer, pálido.

No dia seguinte, Mangles, acompanhado do carpinteiro e de marinheiros carregados de víveres, voltou ao estabelecimento de Paddy O´Moore. Devia organizar os meios de transporte, em combinação com o irlandês.

Toda a família o esperava, prestes a trabalhar sob as suas ordens. Ali estava Ayrton, e não poupou conselhos que a sua experiência lhe inspirava.

Glenarvan e Paddy decidiram que as senhoras iriam fazer a viagem numa carroça de bois, e os viajantes a cavalo. Paddy ficou de arranjar os bois e a carroça.

A carroça tinha cerca de seis metros, coberta com um toldo, sustentada por quatro rodas, mas rodas sem raios, numa palavra, simples discos de madeira. O jogo dianteiro, muito afastado do traseiro, ligava-se com este por meio de um mecanismo rudimentar, que não permitia dar voltas curtas. Uma lança de cerca de dez metros estava fixada à carroça, ao longo da qual seis juntas de bois deviam tomar lugar. Assim dispostos, os animais puxavam a carroça, por meio de uma canga. Era preciso grande habilidade para manejar esta carroça, comprida, oscilante. Mas Ayrton adquirira prática na herdade irlandesa, e Paddy respondia por sua perícia, incumbindo-o de manejar o veículo.

Desprovida de molas, a carroça não oferecia comodidade alguma, mas, era preciso conformar-se. Mangles, nada podendo mudar nesta grosseira construção, tratou de arrumar da maneira mais cômoda. Dividiu a carroça em dois compartimentos. A parte de trás foi destinada a acomodar os víveres, a bagagem e a cozinha portátil do sr. Olbinett. A dianteira foi destinada unicamente aos viajantes. Um carpinteiro transformou este primeiro compartimento numa câmara mais confortável, acarpetada, com um toucador e duas pequenas camas para lady Helena e Mary Grant. Espessas cortinas de couro fechavam-na, em caso de necessidade. Os homens podiam abrigar-se ali durante as chuvas, mas usariam tendas durante a noite. Mangles usou todo o seu engenho para reunir neste espaço limitado todos os objetos necessários a duas mulheres, e conseguiu. Lady Helena e Mary Grant não deviam ter saudades dos confortáveis camarotes do *Duncan* ali.

Quanto aos viajantes, foi simples: sete cavalos vigorosos foram destinados para Glenarvan, Robert, Paganel, Mac-Nabs, Mangles e os dois marinheiros, Wilson e Mulrady, que acompanhavam o amo nesta nova expedição. Ayrton iria dirigindo a carroça, e o sr. Olbinett, que não se sentia muito inclinado para a equitação, iria arranjar-se muito bem viajando no compartimento das bagagens.

Depois de resolver tudo, e dar as ordens ao mestre carpinteiro, Mangles voltou a bordo com a família irlandesa, que quis retribuir a visita a lorde Glenarvan. Ayrton achou melhor juntar-se a ele, e por volta das quatro horas, John e seus companheiros chegavam ao *Duncan*.

Foram recebidos de braços abertos. Glenarvan ofereceu-lhes um jantar, que não ficou nada a dever à hospitalidade recebida na casa do irlandês. Paddy O´Moore ficou maravilhado com o luxuoso navio. Ayrton, mais moderado, também aprovou a embarcação.

O marinheiro da *Britannia* examinou o navio sob um ponto de vista mais marítimo; visitou-o até ao fundo do porão, indagou sob todas as especificações de velocidade da máquina, interessou-se particularmente pela praça de armas e pela peça montada no castelo de proa.

— Tem um belo navio, milorde — disse ele.

— E sobretudo bom! — replicou Glenarvan.

— Qual o seu porte?

— Duzentas e dez toneladas.

— Este é um navio bem rápido, não é verdade? — perguntou ainda Ayrton.

— Muito rápido — replicou Mangles, orgulhoso. — Mesmo à vela!

— Muito bem, milorde e capitão, recebam os cumprimentos de um marinheiro que sabe o valor de um bom navio.

— Obrigado, Ayrton — disse Glenarvan. — Fique a bordo do nosso navio, e só dependerá de você que ele venha a ser seu navio também!

— Pensarei nisto, milorde — respondeu Ayrton, com simplicidade.

Neste momento o sr. Olbinett veio preveni-los de que o jantar estava servido. Glenarvan e seus hóspedes dirigiram-se para o tombadilho.

— É um homem inteligente este Ayrton — disse Paganel ao major.

— Inteligente até demais! — disse o major, que não agradava muito dos modos e da fisionomia do contramestre.

Durante o jantar, Ayrton deu muitas informações a respeito da Austrália, que ele conhecia bem. Informou-se do número de marinheiros que Glenarvan levava em sua expedição. Quando soube que só deles, Mulrady e Wilson, deviam acompanhá-lo, pareceu admirado. Incitou Glenarvan a formar um grupo com os melhores marinheiros do *Duncan*, insistindo no assunto.

— Mas — disse Glenarvan, — nossa viagem através da Austrália meridional não oferece perigo algum.

— Certamente — respondeu Ayrton.

— Então, convém deixarmos a bordo o maior número de pessoas que for possível. Precisamos de gente para manobrar o *Duncan* à vela, e para o consertar. O que importa é que ele esteja no local exato, na data em que combinarmos. Não vamos diminuir a nossa tripulação.

Ayrton pareceu compreender a observação de lorde Glenarvan e não insistiu.

Caiu a noite, e escoceses e irlandeses se separaram. Ayrton e a família de Paddy O´Moore voltaram para casa. Os cavalos e a carroça deviam estar prontos para o dia seguinte. A partida foi marcada para as oito horas da manhã.

Lady Helena e Mary Grant fizeram os seus últimos preparativos. Foram rápidos, e até menos minuciosos do que os de Jacques Paganel. O sábio passou a noite a desparafusar, limpar e parafusar os vidros de sua luneta. Por isso, ainda dormia no dia seguinte, quando o major o acordou com sua voz retumbante, ao romper da aurora.

Graças aos cuidados de John Mangles, as bagagens já tinham sido transportadas para a fazenda. Uma embarcação esperava os viajantes, que não tardaram. O jovem capitão deu as suas últimas ordens a Tom Austin. Recomendou-lhe que esperasse as ordens de Glenarvan em Melbourne, e as executasse escrupulosamente, fossem quais fossem.

O velho marinheiro respondeu a Mangles que podia contar com ele, e em nome da tripulação, desejou êxito à expedição. Quando o escaler partiu, uma trovoada de *hurrahs* soou nos ares.

Em dez minutos a embarcação chegou a terra. Um quarto de hora depois, os viajantes chegavam à propriedade irlandesa.

Estava tudo pronto. Lady Helena ficou encantada com os preparativos. O imenso carro, com suas rodas primitivas, agradou-lhe particularmente. Os seis bois, atrelados aos pares, tinham ares patriarcais, que combinavam perfeitamente com a carroça. Ayrton, de aguilhão em punho, esperava as ordens de lorde Glenarvan.

— Bravo! — disse Paganel. — Eis aí um admirável veículo. Não conheço melhor maneira de correr mundo, à moda dos saltimbancos. Uma casa que se desloca, que anda, indo para onde nos convém, o que de melhor se pode desejar?

— Senhor Paganel — redargüiu lady Helena, — espero ter o prazer de o receber nos meus salões!

— Senhora, será uma grande honra para mim! — replicou o sábio. — Já marcou o dia em que irá receber?

— Meus amigos eu recebo todos os dias — respondeu lady Helena rindo, — e o senhor é...

— O mais dedicado de todos, senhora — replicou o sábio, galante.

Esta troca de cortesias foi interrompida pela chegada de sete cavalos, todos arreados, conduzidos por um dos filhos de Paddy. Lorde Glenarvan pagou ao irlandês o custo destas diversas aquisições, acrescentando-lhe muitos agradecimentos, aos quais o colono dava tanto apreço quanto ao dinheiro.

Soou o sinal de partir. Lady Helena e a srta. Grant tomaram lugar na carroça, Ayrton no assento que lhe foi destinado, Olbinett na traseira do carro, Glenarvan, o major, Paganel, Robert, Mangles e os dois marinheiros, armados de carabinas e revólveres, montaram nos cavalos. Paddy O´Moore e sua família abençoaram aqueles corajosos viajantes. Ayrton então colocou a carroça em movimento, e os eixos chiaram, as rodas gemeram, e dentro em pouco, numa volta da estrada, a hospitaleira propriedade do honrado irlandês desapareceu.

9
A Província de Vitória

Estavam no dia 23 de dezembro, tão triste, enfadonho e úmido no hemisfério sul. O estio já durava dois meses, e esta era a estação mais quente do ano.

O conjunto das possessões inglesas nesta parte do oceano Pacífico chama-se Australásia. Compreende a Nova Zelândia, a Nova Holanda, a Tasmânia e algumas ilhas circunvizinhas. Quanto ao continente australiano, é dividido em vastas colônias de grandes e desiguais riquezas. Quem olhar para os mapas feitos por Petermann ou Preschoell, impressiona-se logo pelo retilíneo das suas divisões. Os ingleses não olharam nem as vertentes orográficas, nem as correntes dos rios, nem as variedades dos climas e das diferentes raças. Estas colônias são retangulares, como peças de um tabuleiro. Apenas as costas com as suas sinuosidades variadas, com os seus fiordes, baías, cabos e estuários, protestam em nome da natureza, com a sua encantadora irregularidade.

As colônias da grande ilha oceânica são seis, atualmente: a Nova Gales do Sul, capital Sidney; Queensland, capital Brisbane; a província de Vitória, capital Melbourne; a Austrália meridional, capital Adelaide; a Austrália ocidental, capital Perth, e finalmente a Austrália setentrional, que ainda não tem capital. Só as costas são povoadas de colonos. É rara a cidade importante que tivesse a coragem de se estabelecer a trezentos ou quatrocentos quilômetros no interior. Quanto à parte mais central do continente, isto é, uma superfície equivalente a dois terços da Europa, é quase desconhecida.

Felizmente, o paralelo trinta e sete não atravessa estas imensas solidões, regiões inacessíveis, que custaram muitas vítimas à ciência. Glenarvan não poderia enfrentar as dificuldades que elas oferecem. Só tinha de enfrentar a parte meridional da Austrália, que assim se compunha: uma estreita porção da província de Adelaide, a província de Vitória em toda a sua extensão, e finalmente o vértice do triângulo formado pela Nova Gales do Sul.

Do cabo Bernouilli até a fronteira de Vitória, são apenas cento e cinqüenta quilômetros. Seriam, no muito, dois dias de viagem, e Ayrton esperava dormir no dia seguinte em Aspley, a cidade mais ocidental de Vitória.

O começo das viagens é sempre assinalado pelo ímpeto dos cavaleiros e dos cavalos. Quanto à animação dos primeiros, nada havia a se dizer, mas pareceu conveniente moderar a marcha dos segundos. Quem quer ir longe deve poupar o cavalo, e por isso resolveram que, em média, iriam fazer entre quarenta ou cinqüenta quilômetros por dia.

Além disso, o passo dos cavalos devia regular-se pelo passo mais vagaroso dos bois. A carroça, com seus passageiros e provisões, era o núcleo da caravana. Os cavaleiros podiam adiantar-se um pouco, mas nunca se afastar em demasia dela.

A travessia da Austrália nada ofereceu de interessante. Uma série de colinas pouco elevadas, mas abundantes em poeira, uma grande extensão de terrenos incultos, cujo conjunto forma o que no país se chama de "bush", algumas campinas cobertas por montículos de arbustos de folhas angulosas, que tanto agradam às ovelhas, sucedendo-se pelo espaço de muitos quilômetros. De tempos em tempos viam-se alguns destes interessantes carneiros, que tinham a cabeça parecida com a de um porco, espécie particular da Nova Holanda, pastando entre os postes da linha telegráfica.

Até ali as planícies lembravam extraordinariamente as planícies monótonas dos Pampas argentinos. O mesmo solo coberto de erva; o mesmo horizonte nitidamente delineado sobre o fundo do céu. Mac-Nabs sustentava que não tinham mudado de país, mas Paganel afirmou que o território por onde viajavam mudaria depressa de aspecto. E fiando-se nesta afirmativa, os viajantes ficaram esperando coisas maravilhosas.

Por volta das três horas, o carro atravessou um grande descampado, conhecido como "planície dos mosquitos". O sábio teve a satisfação geográfica de verificar que o nome era merecido. Os viajantes e o gado sofreram com as picadas dos insetos; impossíveis de serem evitadas.

Ao cair da noite, a planície começou a tomar um aspecto mais alegre: sebes vivas, formadas de acácias, grupos de gomeiras brancas, muitas árvores de origem européia, tais como oliveiras, limoeiros e carvalhos, tudo isso contribuía para operar tão risonha mudança. Às oito, os bois apertaram o passo, e chegaram à estação de Red-Gum.

A palavra "estação" aplica-se aos estabelecimentos do interior onde se criam gado, riqueza principal da Austrália.

A estação de Red-Gum era um estabelecimento de pouca importância, mas Glenarvan encontrou franca hospitalidade. Sob o teto daquelas habitações solitárias, o viajante encontra sempre a mesa posta, e no colono australiano um hospedeiro obsequioso.

No dia seguinte, Ayrton atrelou os bois logo ao romper do sol. Queria chegar à fronteira de Vitória ainda aquela noite. O solo começava a mostrar-se acidentado. Uma série de pequenas colinas, cobertas de areia vermelha, ondulavam a perder de vista. Alguns pinheiros, com o tronco liso e reto, manchado de branco, estendiam os galhos cobertos de folhagem verde escura sobre pastagens férteis.

Nas proximidades da fronteira de Vitória, o aspecto do país modificou-se sensivelmente. Os viajantes sentiam que pisavam terra nova. Os viajantes seguiam em linha reta, sem se desviarem do caminho. Não havia grandes dificuldades a serem vencidas, e a marcha conformava-se com a vagarosa andadura dos bois, e se estes animais não iam depressa, pelo menos nunca paravam.

Foi assim que, depois de terem andado cem quilômetros em dois dias, a caravana chegou, na noite do dia 23, à paróquia de

Aspley, primeira vila da província de Vitória, situada por cento e quarenta e um graus de longitude, no distrito de Wimerra.

Ayrton colocou o carro na cocheira de Crown´s Inn, que à falta de coisa melhor, se chamava pomposamente de estalagem da Coroa. A refeição, composta unicamente de carneiro, preparado de todos os modos, fumegava em cima da mesa.

Comeu-se muito, conversou-se mais ainda. Desejosos de se informarem das singularidades do continente australiano, os viajantes interrogavam Paganel. O geógrafo não se fez de rogado, e começou a discursar sobre a província de Vitória, que chamou de Austrália feliz.

— Seria melhor se tivessem-na chamado de Austrália rica, porque acontece com os países o mesmo que acontece aos indivíduos: a riqueza não faz a felicidade. Graças às suas minas de ouro, a Austrália viu-se entregue aos aventureiros. Poderão notar isso quando atravessarmos os terrenos auríferos.

— A colônia de Vitória não é recente? — perguntou lady Glenarvan.

— Sim, milady, conta só com trinta anos de existência. Foi a 6 de junho de 1835, uma terça-feira...

— Às sete e quinze da noite — acrescentou o major, que gostava de gracejar com Paganel a respeito de sua precisão.

— Não, às sete e dez — volveu o geógrafo, muito sério, — Batman e Falckner fundaram um estabelecimento em Porto-Filipe, sobre a baía onde hoje se estende a grande cidade de Melbourne. Durante quinze anos, a colônia fez parte da Nova Gales do Sul, sendo dependente de Sidney, sua capital. Mas em 1851 declarou-se independente e assumiu o nome de Vitória.

— E prosperou depois disso? — perguntou Glenarvan.

— Mesmo que o major reclame, não conheço nada mais eloqüente que os números — disse Paganel. — Em 1835, a colônia de Porto-Filipe contava com duzentos e quarenta e quatro habitantes. Hoje, a província de Vitória conta com quinhentos e cinqüenta mil. Sete milhões de videiras produ-

A planície dos mosquitos.

zem, anualmente, cento e vinte e um mil galões de vinho. Galopam nas suas campinas cento e três mil cavalos, e nas suas pastagens sustentam-se seiscentos e quinze mil, duzentos e setenta e dois ruminantes.

— E a respeito dos porcos? — brincou Mac-Nabs.

— São setenta e nove mil, seiscentos e vinte e cinco.

— Carneiros?

— Sete milhões cento e quinze mil novecentos e quarenta e três, Mac-Nabs.

— Incluindo os que estamos comendo agora, Paganel?

— Não, sem contar com ele, já que três quartas partes já foram devoradas.

— Bravo, senhor Paganel — exclamou lady Helena, rindo muito. — Preciso admitir que o senhor é imbatível em geografia, e meu primo Mac-Nabs, por mais que se esforce, não irá deixá-lo em má situação.

— Meu ofício, senhora, é saber estas coisas, e ensiná-las, quando for necessário. Por isso, quando lhes digo que este país nos reserva maravilhas, podem acreditar-me.

— Até agora... — replicou Mac-Nabs, que gostava de provocar o geógrafo.

— Espere, seu impaciente! — exclamou Paganel. — Tem apenas um pé na fronteira e já se queixa! Pois bem! Eu repito que este país é o mais curioso que se conhece. A sua formação e natureza, o seu clima e produtos, e inclusive a sua desaparição futura, têm admirado, admiram e hão de admirar todos os sábios do mundo. Imaginem, meus amigos, um continente cujas bordas, e não o centro, se elevaram primitivamente acima das águas como um anel gigantesco; que contém na sua parte central um mar interior meio evaporado; cujos rios secam de dia para dia; onde a umidade não existe nem no ar, nem no solo; onde as árvores perdem anualmente a casca em vez de perder as folhas; onde os folhas apresentam o perfil ao sol, e não a face, e não dão sombra; onde as florestas são baixas e as ervas gigantescas; onde as animais são extraordinários; onde os quadrúpedes têm bico como o ornitorrinco, e obrigaram os naturalistas a criar um novo gênero; onde o canguru salta sobre as patas desiguais; onde os carneiros têm cabeça semelhante ao porco; onde as raposas volteam de árvore em árvore; onde os cisnes são pretos; onde os ratos fazem ninhos; onde os pássaros espantam a imaginação pela diversidade dos seus cantos e aptidões; onde um serve de relógio, outro faz estalar um chicote de pontilhão, um imita o amolador, outro bate os segundos, como o balancim de uma pêndula, onde um ri pela manhã quando o sol nasce, e o outro chora quando ele desaparece! Oh! região extraordinária, falta de lógica como as que o são, terra paradoxal e formada contra a natureza! Foi com muita razão que o botânico Grimard pôde dizer: "Eis, pois a Austrália, espécie de parodia das leis universais, ou antes, de desafio lançado à face do resto do mundo!"

Paganel, falando desembestadamente, parecia não conseguir parar. Ia adiante, gesticulando, brandindo o garfo, com sério perigo para os seus vizinhos de mesa. Mas, afinal, sua voz foi encoberta por uma trovoada de bravos entusiásticos, e ele teve que se calar.

Era de crer, após enumerar estas singularidades australianas, que não houvesse quem pedisse por mais. Contudo, o major, com sua voz tranqüila, não pôde conter-se:

— É tudo, Paganel?

— Não, não é tudo! — replicou o sábio, veementemente.

— O que? Quer dizer que há ainda mais coisas admiráveis na Austrália? — espantou-se lady Helena.

— Sim, milady, o clima!

— Ora essa! — exclamaram todos.

— Nem falo das qualidades higiênicas do continente australiano, tão rico em oxigênio e tão pobre em azoto; não há ventos úmidos, porque sopram paralelamente às costas, e a maior parte das doenças aqui são completamente desconhecidas, até mesmo o sarampo e afecções crônicas.

— Esta não é uma vantagem a ser desprezada — disse Glenarvan.

— Decerto... Mas o clima aqui, tem uma qualidade... inverossímil! — retorquiu Paganel.

— Qual é? — perguntou John Mangles.

— Se disser, não me acreditará.

— Acreditamos — exclamaram todos, curiosos.

— Bem, é...

— O que?

— É moralizador!

— Moralizador?

— Sim — respondeu o sábio com convicção. — Sim, moralizador! Aqui os metais não se oxidam com o contato do ar, e os homens também não. Aqui nesta atmosfera, pura e seca, tudo branqueia rapidamente, a roupa e as almas! E é porque em Inglaterra não passaram desapercebidas estas virtudes que resolveram mandar para aqui a gente que precisava de se moralizar.

— O que! pois essa influência faz-se realmente sentir? — perguntou lady Glenarvan.

— Sim, milady, sobre os homens e sobre os animais.

— Não graceja, senhor Paganel?

— Não! Os cavalos o gado são aqui de uma docilidade espantosa. Vocês irão ver!

— Pois é possível?

— Se é! Os malfeitores, transportados para este ar vivificante e salubre, regeneram-se em poucos anos. É um efeito reconhecido pelos filantropos. Na Austrália todas as índoles melhoram.

— Então, senhor Paganel, o senhor que já é tão bom — disse lady Helena, — o que irá tornar-se nesta terra privilegiada?

— Excelente, milady — respondeu Paganel, — simplesmente excelente!

10

O RIO WIMERRA

No dia seguinte, 24 de dezembro, puseram-se a caminho logo ao romper do dia. O calor já era intenso, mas suportável, e a estrada quase plana era favorável aos cavalos. A pequena caravana meteu-se por uma floresta baixa e pouco espessa. À noite, depois de uma boa jornada, acampou às margens do lago Branco, cujas águas são salobras e nada potáveis.

Aqui, Paganel foi obrigado a admitir que o lago tinha tanto de branco quanto o mar Negro tem de negro, o mar Vermelho de vermelho, o rio Amarelo de amarelo, e as montanhas Azuis de cor azulada. Contudo, por amor-próprio, o geógrafo discutiu, mas seus argumentos não convenceram.

O sr. Olbinett preparou a refeição da noite com a habitual pontualidade; depois os viajantes foram dormir, apesar dos uivos lastimosos dos chacais da Austrália.

Além do lago Branco, estendia-se uma planície toda matizada de crisântemos. No dia seguinte, Glenarvan e os seus companheiros, ao acordar, tiveram desejo de aplaudir a magnífica decoração que se lhes apresentava. Partiram, e algumas elevações distantes eram as únicas que denunciavam o relevo do solo. Até onde enxergavam, era tudo campina, com flores vicejando como em plena primavera. Os reflexos azuis do linho, de folhas miúdas, casavam-se com o escarlate de um acanto particular daquela região. Numerosas variedades de flores davam alegre realce à verdura. Paganel, que ia se tornando botânico em meio das flores, dava os respectivos nomes, além de informar que, até hoje, na flora australiana, havia quatro mil e duzentas espécies de plantas, divididas em cento e vinte mil famílias.

Quilômetros depois, a carroça começou a andar entre grupos de altas acácias, gomeiras brancas e outras variedades. Nesta região, regada por vários rios, o solo não se mostrava ingrato com o sol, restituindo em cores e perfumes os raios que o sol lhe dava.

Quanto ao reino animal, era mais avaro dos seus produtos. Ainda assim, o major teve a oportunidade de abater um "jaburu", espécie de cegonha gigante dos colonos ingleses. Esta ave tem dois metros de altura, bico negro, comprido, cônico, muito aguçado na extremidade. Os reflexos violeta e púrpura na cabeça contrastavam com o verde lustroso do pescoço, a deslumbrante alvura da garganta e o vermelho vivo das pernas compridas. A natureza parecia ter esgotado a palheta de cores naquela ave.

Esta ave foi muito admirada, e o major ficaria com as honras do dia, se Robert não encontrasse, alguns quilômetros adiante, um animal informe, meio ouriço, meio tamanduá. Uma língua comprida e viscosa pendia-lhe da boca fechada, e com ela pescava as formigas, que eram seu principal sustento.

— É uma preguiça! — exclamou Paganel.

Como era natural, o sábio quis enfiar o bicho no compartimento das bagagens, mas o sr. Olbinett protestou com tamanha indignação, que o sábio renunciou à conservação daquele interessante espécime.

Os colonos seguiram viagem. Até ali, poucos colonos tinham aparecido. O país tinha o aspecto de um deserto. Não se via sombra dos aborígines, porque as tribos selvagens vagueiam mais ao norte, através das imensas solidões, regadas pelos confluentes do Darling e do Murray.

Um curioso espetáculo, porém, chamou a atenção dos viajantes. Eles puderam ver um dos imensos rebanhos que

O major teve a oportunidade de abater um "jabiru".

arrojados especuladores conduzem das montanhas de leste às províncias de Vitória e da Austrália meridional.

Por volta das quatro horas da tarde, Mangles avistou, alguns quilômetros à frente, uma enorme coluna de poeira que se elevava no horizonte. Qual seria a origem do fenômeno? Era difícil de se dizer. Paganel achava que podia ser um meteoro, mas Ayrton deteve suas conjecturas, afirmando que aquele levantamento de poeira provinha de um rebanho em marcha.

O contramestre não se enganava. A densa nuvem aproximava-se, e dela saía um concerto de balidos, relinchos e mugidos. Uma voz humana também se misturava àquela sinfonia pastoril.

Da ruidosa nuvem saiu um homem. Era o condutor daquele rebanho, e Glenarvan dirigiu-se até ele, estabelecendo relações sem mais cerimônias. O homem era, na verdade, proprietário de parte do rebanho, e chamava-se Sam Machell. Vinha das províncias do leste, e dirigia-se para a baía de Portland.

Seu rebanho constava de dezessete mil e setenta e cinco cabeças, divididos em seis mil bois, onze mil carneiros e setenta e cinco cavalos. Todos estes animais tinham sido comprados, ainda magros, nas montanhas Azuis, e agora iam engordar nas pastagens salutares da Austrália meridional, onde são vendidos com grande lucro. Era um bom negócio, mas que necessitava de paciência e energia, porque o trabalho era árduo.

O pecuarista contou rapidamente sua história, enquanto o imenso rebanho continuava sua marcha. Os viajantes tinham apeado, e, sentados à sombra de uma árvore, escutavam atentos.

Machell partira havia sete meses. Fazia cerca de vinte quilômetros por dia, e a sua viagem devia durar mais três meses ainda. Contava com a ajuda, para tão árdua tarefa, de vinte cães e trinta homens. Dentro os homens, cinco eram negros, muito hábeis em achar vestígios de animais perdidos. Seis carroças seguiam o grupo. Os condutores, armados de compridos chicotes, circulavam por entre as fileiras, restabelecendo a ordem num ou noutro ponto, enquanto os cães guardavam os flancos.

Os viajantes admiraram a disciplina estabelecida no rebanho. As diversas raças marchavam separadas, porque os bois e os carneiros selvagens não se entendem muito bem; os primeiros não querem nunca pastar nos locais por onde já passaram os segundos. Daí a necessidade de se colocar os bois à frente, divididos em dois batalhões. Seguiam-se cinco regimentos de carneiros, comandados por vinte homens, e o pelotão dos cavalos marchava na retaguarda.

Machell observou aos viajantes que os guias da manada não eram nem cães, nem homens, mas sim bois, guias inteligentes, cuja superioridade os seus congêneres reconheciam. Marchavam na primeira fila, escolhendo os melhores caminhos, por instinto, e como que cientes do direito que lhes assistia de serem tratados com consideração. Por isso recebiam cuidados especiais, porque o rebanho lhes obedecia sem dificuldade. Se quisessem parar, era preciso ceder àquele capricho, e qualquer tentativa de colocar o rebanho a caminho, se os guias não dessem sinal de partir, era em vão.

Machell ainda contou mais algumas particularidades da expedição. Enquanto o exército quadrúpede marchava pela planície, tudo ia bem. Os animais pastavam pelo caminho, saciavam a sede nos numerosos veios de água, dormiam de noite, viajavam de dia, e reuniam-se docilmente ao comando dos cães. Mas, nas grandes florestas do continente, através das matas de eucaliptos e sensitivas, as dificuldades cresciam. Pelotões, batalhões e regimentos confundiam-se ou separavam-se, e era preciso um tempo considerável para os reunir. Quando, por desgraça, um guia se perdia, deviam encontrá-lo sob pena de debandada geral, e muitas vezes os negros empregavam dias e dias nestas difíceis pesquisas. Se caíam temporais, os animais preguiçosos recusavam a avançar, e durante tempestades violentas, um pânico desordenado apoderava-se deles.

No entanto, à custa de energia e disciplina, o pecuarista vencia tais dificuldades, que renasciam sem cessar. Mas era preciso ter uma qualidade superior, que se chama paciência — uma paciência a toda a prova, uma paciência que devia suportar horas, dias e semanas, — na hora de se atravessar os rios. Aí o pecuarista ficava retido, simplesmente porque o gado recusava-se a passar. Os bois cheiravam a água, e recuavam. Os carneiros, mais que depressa, fugiam em todas as direções. Esperava-se pela noite para se conduzir o gado, mas nada conseguiam. Se lançavam os carneiros à força na água, as ovelhas não os seguiam. Privavam o rebanho de água durante alguns dias, para fazê-los se render; o gado passava sede, mas não se apressava. Levavam os cordeiros para a outra margem, na esperança das mães acudirem aos seus gritos; os cordeiros baliam, e as mães não se moviam da margem oposta. Isto podia durar até um mês, e o pecuarista já não sabia mais o que fazer com o seu rebanho. Um belo dia, sem qualquer razão, por um simples capricho, um destacamento transpunha o rio, e então, a dificuldade era outra, a de se impedir que o rebanho se arremessasse desordenadamente à água. A confusão era generalizada, e muitos animais afogavam-se.

Estas foram as informações de Machell. Durante sua narração, grande parte do rebanho desfilara em ordem. Era tempo de reunir-se ao grupo, e escolher as melhores pastagens. Despediu-se de lorde Glenarvan, montou em seu cavalo, e despediu-se de todos. Instantes depois, desaparecia em meio ao turbilhão de poeira.

A carroça retomou a marcha interrompida, e só parou à noite, junto ao monte Talbot.

Paganel lembrou que era dia de Natal. Mas o despenseiro não se esquecera disso, e uma ceia suculenta, servida sob a barraca, arrancou os cumprimentos mais sinceros dos convivas. O sr. Olbinett, realmente, se superara, preparando um espantoso banquete. Os viajantes sentiram-se como se estivessem em Malcom-Castle, no meio dos highlands, em plena Escócia.

O dia seguinte nada ofereceu de notável. Encontraram as nascentes de Norton-Creek e mais tarde o rio Mackenzie, meio seco. O tempo estava bom, mas o calor era insuportável. O vento soprava do sul, e refrescava a atmosfera como o faria o vento norte no hemisfério boreal. Paganel apontou esta particularidade a Robert.

— Circunstância feliz — acrescentou ele, — porque a média do calor é mais intensa no hemisfério sul do que no norte.

— Por que? — perguntou o jovem.

— Ora, nunca ouviu dizer que a terra está mais próxima do sol durante o inverno?

— Sim, senhor Paganel.

— E que o frio do inverno é causado pela obliqüidade dos raios solares?

— Sim.

— Pois, meu rapaz, é por esta mesma razão que faz menos calor no hemisfério sul.

— Não compreendi —disse Robert, arregalando os olhos.

— Quando estamos na Europa — tornou Paganel, — durante o inverno, qual é a estação que faz aqui, na Austrália?

— Verão — respondeu o rapaz.

— Exatamente. E se nesta época a terra se acha mais próxima do sol...

— Ah, compreendo agora!

— O verão no hemisfério sul é menos quente, em razão desta proximidade, do que o do hemisfério norte.

— Portanto, quando dizemos que o sol está mais próximo da terra, "no inverno", isso só é exato para a porção norte do globo.

— Nunca tinha pensado nisso — replicou Robert.

O rapaz gostou da pequena lição de cosmografia, e acabou por aprender que a temperatura média da província de Vitória fica em torno dos 24° C.

Naquela noite, a caravana acampou a dez quilômetros além do lago Lonsdale, entre o monte Drummond, que se erguia ao norte, e o monte Dryden.

No dia seguinte, às onze horas, a carroça alcançou as margens do Wimerra, no meridiano cento e quarenta e três.

O rio, de um quilômetro de largura, corria límpido por entre dois altos renques de acácias. Milhares de pássaros voejavam por entre os galhos. Um tímido casal de cisnes negros deslizava sobre as águas.

A carroça parou sobre um tapete de relva. Não havia ali nem jangada, nem ponte. Era preciso, contudo, atravessar o rio, e Ayrton tratou de procurar uma passagem. O rio, poucos metros acima, pareceu-lhe menos profundo, e foi este o local escolhido para fazerem a travessia. O rio tinha menos de um metro de profundidade ali, e a carroça podia, portanto, tentar passar por ali, sem correr grande risco.

— Não existe outro meio de atravessarmos? — perguntou Glenarvan.

— Não, milorde — respondeu Ayrton. — Mas esta passagem não me parece perigosa. Vai dar tudo certo.

— Não será melhor as senhoras deixarem a carroça?

— De modo algum. Eu me encarrego de tudo.

— Muito bem, Ayrton — redargüiu Glenarvan, — eu confio no senhor.

Os cavaleiros rodearam o pesado veículo, e meteram-se na água. Geralmente as carroças, quando tentam atravessar estas passagens, são rodeadas por tonéis vazios, que as sustentam à superfície das águas. Mas, nesta ocasião, isto não foi possível, e o jeito era confiar na sagacidade dos bois guiados pelo prudente Ayrton. Sentado na carroça, ele dirigia o comboio; o major e os dois marinheiros iam alguns metros adiante. Glenarvan e Mangles, ladeando a carroça, estavam prontos a socorrer as viajantes. Paganel e Robert vinham logo atrás.

Tudo correu bem até metade da travessia. Ali, a profundidade do rio era maior, e a água subiu acima das rodas. Os bois podiam perder o pé e arrastar consigo a oscilante carroça. Ayrton arriscou-se corajosamente; entrou na água, e agarrando-se aos chifres dos bois, conseguiu guiá-los.

No entanto, um choque imprevisível fez a carroça inclinar-se, mesmo com Mangles e Glenarvan segurando-a, e a água chegou aos pés das viajantes. Foi um momento de grande tensão. Por sorte, porém, um violento puxão aproximou a carroça da margem. Ali a passagem tornou-se mais fácil, e logo homens e animais estavam na outra margem, encharcados, mas satisfeitos.

Só as rodas dianteiras da carroça tinham sido despedaçadas pelo choque, e o cavalo de Glenarvan tinha perdido uma das ferraduras das patas dianteiras.

Isto exigia reparos imediatos, mas ninguém sabia como fazer isso, quando Ayrton propôs ir até a estação de Black-Point, situada a cinqüenta quilômetros ao norte, para trazer um ferrador.

— Obrigado, Ayrton — disse então Glenarvan. — Quanto tempo você irá precisar?

— Cerca de quinze horas — respondeu ele.

— Então vá! Nós o esperaremos acampados à beira do Wimerra.

Minutos depois o contramestre, montado no cavalo de Wilson, desapareceu por detrás de um espesso renque de mimosas.

11

BURKE E STUART

O resto do dia foi empregado em conversas e passeios. Os viajantes, admirando o que viam, percorreram as margens do Wimerra. As cegonhas cinzentas e os íbis, soltando pios roucos, fugiam quando eles se aproximavam. O pássaro cetim ocultava-se nos ramos mais altos da figueira brava, os vermelhões esvoaçavam por entre os magníficos ramos das liliáceas, os tordos marinhos abandonavam a pesca habitual, enquanto que toda a família mais civilizada dos papagaios, o "blue-mountain", ornado com as sete cores do prisma, o pequeno "roschill" de cabeça escarlate e garganta amarela, e o "louro", espécie de papagaio de penas verdes e azuis, continuavam com a sua palrice de ensurdecer nos cimos das gomeiras em flor.

Deitados sobre a grama, à beira das águas sussurrantes, ou caminhando por entre os grupos das mimosas, os viajantes entregaram-se à contemplação daquela formosa natureza até o pôr-do-sol. A noite surpreendeu-os a um quilômetro do acampamento. Voltaram guiando-se pelo Cruzeiro do Sul, que brilhava no céu.

O sr. Olbinett pusera a mesa dentro da barraca, onde todos se sentaram para uma excelente refeição.

Terminado o jantar, Lady Helena propôs, e todos concordaram, que Paganel contasse a história dos grandes viajantes australianos.

Paganel não desejava outra coisa. Os seus ouvintes estenderam-se ao pé de uma magnífica árvore; dali a pouco a fumaça dos charutos subia até a folhagem perdida nas sombras da noite, e o geógrafo, fiando-se na sua memória inesgotável, tomou logo a palavra:

— Vocês devem se lembrar, e o major certamente não se esqueceu, da enumeração dos viajantes que lhes fiz a bordo do *Duncan*. De todos os que tentaram penetrar no interior do continente, só quatro conseguiram atravessá-lo de sul a norte ou de norte a sul. Foram, em 1860 e 1861, Burke; Mac Kinlay em 1861 e 1862; Landsborough, em 1862, e Stuart no mesmo ano. De Mac Kinlay e de Landsborough, pouco direi. O primeiro foi de Adelaide até o golfo Carpentaria, o segundo de Carpentaria até Melbourne, ambos enviados pelas comissões australianas em busca de Burke, que não aparecia nem devia tornar a aparecer.

"Vou falar sobre Burke e Stuart, dois arrojados exploradores.

"No dia 20 de agosto de 1860, sob os auspícios da sociedade real de Melbourne, um ex-oficial irlandês, antigo inspetor de polícia em Castlemaine, chamado Robert O´Hara Burke, partia em viagem de exploração. Acompanhavam-no onze homens: William John Wills, jovem astrônomo muito distinto; o doutor Becker, botânico; Gray King, jovem militar do exercito das Índias; Landells, Brahe e vários cipaios. Vinte e cinco cavalos e vinte e cinco camelos transportavam os viajantes, as suas bagagens, e as provisões para dezoito meses.

"A expedição devia dirigir-se ao golfo de Carpentaria, que fica na costa setentrional, seguindo a princípio o rio Cooper. Transpôs sem dificuldade as linhas do Murray e do Darling, e chegou à estação de Menindié, que fica no limite das colônias.

Ali reconheceu que a numerosa bagagem o atrapalhava. Este embaraço, e uma certa dureza de caráter de Burke, semearam a discórdia na expedição. Landels, diretor dos camelos, seguido de alguns servidores índios, separou-se dela, voltando para as margens do Darling. Burke seguiu viagem. Passando por vezes através de pastagens abundantemente regadas, outras vezes por caminhos pedregosos e sem água, desceu a Cooper´s-creek. Em 20 de novembro, três meses depois da partida, ele estabelecia um depósito de provisões à beira do rio.

Aqui os viajantes tiveram de se demorar algum tempo, por não acharem um caminho possível para o norte, onde tivessem certeza de não faltar água. Após grandes dificuldades, chegaram a um acampamento que chamaram de forte Wills. Transformaram o acampamento num posto, rodeado de paliçadas. Ele se localizava entre Melbourne e o golfo de Carpintaria. Aí, Burke dividiu sua caravana em duas partes. Uma, sob comando de Brahe, devia ficar no forte Wills durante três meses ou mais, se as provisões não faltassem, e esperar que a outra voltasse. A que devia partir, era composta somente por Burke, Kins, Gray e Wills. Levavam seis camelos e provisões para três meses: quatro arrobas de farinha, 30 quilos de arroz, outros trinta de farinha de aveia, uma arroba de carne-seca de cavalo, cinqüenta quilos de carne de porco salgada e toucinho, e 15 quilos de bolacha, tudo isto para uma viagem de 4000 quilômetros, ida e volta.

"Partiram, e depois de uma custosa travessia de um deserto pedregoso, chegaram às margens do rio Eyre, ao ponto mais extremo a que Sturt chegará em 1845, e tornando a subir ao meridiano cento e quarenta, tão exatamente quanto possível, e tomaram a direção norte.

"No dia 7 de janeiro passaram o trópico debaixo de um sol escaldante, iludidos por enganadoras miragens, privados muitas vezes de água, refrescados algumas vezes por grandes tempestades, encontrando de tempos em tempos alguns indígenas, dos quais não tiveram motivos de queixa; em suma, pouco embaraçados pelas dificuldades de um caminho que não era cortado por lagos ou montanhas.

"A 12 de janeiro, algumas colinas apareceram ao norte, entre outras o monte Forbes, e uma sucessão de cordilheiras graníticas, chamadas "ranges". Aí, o cansaço foi grande. Pouco se avançava, e os animais se recusavam a caminhar. "Sempre nas cordilheiras! Os camelos suam de medo!" escreveu Burke no seu livrinho de apontamento. Contudo, à custa de energia, os exploradores chegaram às margens do rio Turner, em seguida à corrente superior do rio Flinders, visto por Stokes em 1841, o qual vai desaguar no golfo Carpentaria, entre renques de eucaliptos e palmeiras.

"A proximidade do oceano manifestou-se por uma série de terrenos pantanosos. Um dos camelos pereceu num pântano. Os outros se recusaram a passar. King e Gray tiveram de ficar com eles, enquanto Burke e Wills seguiam na direção norte. Depois de muitas dificuldades, relatadas de um modo obscuro nas suas notas, chegaram a um ponto onde o fluxo do mar cobria os pântanos. Mas não viram o oceano. Era 11 de fevereiro de 1861."

— Por que não foram adiante? — perguntou lady Glenarvan.

— O solo dos pântanos não era seguro, e não tiveram outro remédio senão reunirem-se aos seus companheiros do forte Wills. Triste regresso! Fracos, exaustos, foi arrastando-se que se reuniram a Gray e King. Em seguida à expedição, descendo para o sul pelo caminho por onde vieram, dirigiu-se para Cooper´s-creek.

"Os perigos e peripécias daquela viagem não são conhecidos com exatidão, porque faltam as notas no livro dos exploradores. O trajeto, no entanto, deve ter sido terrível!

"E, com efeito, no mês de abril, quando chegaram ao vale de Cooper, eram somente três. Gray morrera, assim como quatro camelos. Entretanto, se Burke consegue chegar ao forte Wills, onde Brahe o espera com o depósito de provisões, ele e os seus companheiros serão salvos. Redobram de energia, arrastam-se mais alguns dias; a 21 de abril avistam as paliçadas do forte. Chegaram!... Naquele mesmo dia, depois de esperar em vão durante cinco meses, Brahe partira!"

— Partira! — exclamou o jovem Robert.

— Sim! Naquele mesmo dia, por uma lamentável fatalidade! A nota deixada por Brahe não tinha sete horas! Burke não podia alcançá-lo. Os infelizes restabeleceram em pouco as forças com as provisões do depósito. Mas os meios de transporte faltavam-lhes, e quase mil quilômetros os separavam do Darling.

"Foi então que Burke, contrário à opinião de Wills, planejou encaminhar-se para os estabelecimentos australianos, que ficam junto do monte Hopeless, a quatrocentos quilômetros do forte Wills. Puseram-se a caminho, e dos dois camelos que restavam, um morreu num afluente lodoso do Cooper´s-creek, outro mal se agüentava em pé, sendo preciso matá-lo e usar sua carne como sustento. Dentro em pouco, todos os víveres são devorados. Os três infelizes ficam reduzidos a alimentar-se do nardo, planta aquática, cujos esporos são comestíveis. Sem água, sem meios de transporte, não podem afastar-se das margens do Cooper. Um incêndio queima-lhes a cabana e os objetos de acampamento! Estão perdidos, só esperando a morte!

"Burke chamou King e lhe disse: "Tenho apenas algumas horas de vida; eis o meu relógio e minhas notas. Depois que eu morrer, desejo que ponha uma pistola na minha mão direita, e me deixe na posição em que estiver, sem me enterrar!" Dito isso, não tornou a falar, e morreu no dia seguinte às oito horas.

"King, aterrado, enlouquecido, partiu em busca de uma tribo australiana. Quando voltou, Wills também acabava de falecer. Quanto a King, foi recolhido pelos indígenas, e no mês de setembro, a expedição do sr. Howitt, mandada em busca de Burke, e também de Mac Kinlay e Landsborough, encontrou-o. Portanto, dos quatro exploradores, somente um sobreviveu a esta passagem do continente australiano."

A narração de Paganel deixou dolorosa impressão no espírito dos ouvintes. Todos pensavam no capitão Grant, que vagava, talvez como Burke e os seus, por aquele continente funesto. Quem podia dizer se os náufragos haviam escapado aos padecimentos que haviam dizimado aqueles arrojados viajantes? Era tão natural este pensamento, que lágrimas brotaram nos olhos de Mary.

— Meu pobre pai! — murmurou ela.

— Srta. Mary! — exclamou Mangles. — Não se preocupe, para passar por tantas inclemências, é preciso aventurar-se pelo interior! O capitão Grant, se está, como aconteceu a King, em poder dos indígenas, irá ser salvo como ele. Grant não se achou nunca em tão más condições como Burke.

— Nunca — acrescentou Paganel. — E torno a repetir que os habitantes da Austrália são hospitaleiros!

— Deus o ouça! — replicou a jovem.

— E Stuart? — perguntou Glenarvan, que queria desviar o curso daqueles tristes pensamentos.

— Stuart? — respondeu Paganel. — Ele foi mais feliz, e seu nome ficou célebre nos anais da Austrália. Desde o ano de 1848, John Mac Doual Stuart, seu compatriota, meus amigos, preludiava as suas viagens, acompanhando Sturt nos desertos que ficam situados ao norte de Adelaide. Em 1860, seguido apenas por dois homens, tentou, em vão, penetrar no interior da Austrália. Não era homem que desanimasse. Em 1861, no dia 1º de janeiro, saiu de Chambers-creek, à frente de onze resolutos companheiros, e só parou a quatrocentos quilômetros do golfo Carpentaria; mas, como lhe faltassem as provisões, voltou para Adelaide, sem ter atravessado o terrível continente. Contudo, mais uma vez tentou a empreitada, e organizou uma terceira expedição, que devia agora conseguir o fim tão ardentemente desejado.

"O parlamento da Austrália meridional patrocinou com boa vontade a nova exploração, e votou para ela um subsídio de duas mil libras esterlinas. Stuart tomou todas as precauções que sua experiência lhe sugeria. Seus amigos, Waterhouse, o naturalista, Thring, Kekwick, seus antigos companheiros, Woodford, Auld, dez ao todo, reuniram-se a ele. Importou da América vinte odres de couro, cada um dos quais podendo conter 30 litros de água, e no dia 5 de abril de 1862 a expedição achava-se reunida na bacia de New-Castle

Water, para lá do 18° de latitude, no mesmo ponto que Burke não pudera transpor. A linha do seu itinerário seguia quase o meridiano cento e trinta e um, e, portanto, fazia um desvio de sete graus para oeste em relação ao de Burke.

"New-Castle Water devia ser a base das novas explorações. Stuart, rodeado de densos bosques, em vão procurou seguir para o norte e para o nordeste. Na sua tentativa de passar para oeste do rio Vitória, teve o mesmo resultado negativo; impenetráveis matagais fechavam-lhe completamente a saída.

"Stuart resolveu então mudar de acampamento, conseguindo transportá-lo um pouco mais para o norte, para os pântanos de Hower.

"Então, inclinando-se para leste, encontrou em meio de planícies cobertas de erva a ribeira Daily, e subiu-a na extensão de cinqüenta quilômetros.

"O país ia-se tornando magnífico; as suas pastagens fariam a alegria e a fortuna de um pecuarista, os eucaliptos cresciam a uma altura prodigiosa. Stuart, maravilhado, seguiu em frente; chegou às margens da ribeira Strangeway e do Roper´s-creek, descoberto por Leichardt; as águas da ribeira corriam em meio de palmeiras dignas daquela região tropical. Ali viviam tribos que acolheram bem os exploradores.

"A partir de então, a expedição inclinou-se para o nordeste, procurando através de um terreno rochoso as nascentes do rio Adelaide, que se lança no golfo de Van-Diemen. O rio atravessava então a terra de Arnhem, em meio de palmeiras, bambus e pinheiros. O Adelaide ia alargando; suas margens tornavam-se pantanosas; o mar estava próximo.

"Na terça-feira, 22 de junho, Stuart acampou perto de Fresh-Water, embaraçado com os numerosos regatos que lhe impediam o caminho. Mandou três dos companheiros procurar possíveis passagens, no dia seguinte, ora contornando charcos, ora atolando em terrenos pantanosos, chegou a uns plainos elevados e cobertos de relva, onde cresciam muitas gomeiras e árvores de casca fibrosa, e onde voavam bandos de gansos, íbis, e aves aquáticas selvagens. Haviam poucos ou quase nenhum indígenas. Avistavam-se, ao longe, algumas espirais de fumaça de acampamentos longínquos.

"No dia 24 de julho, nove meses depois de haver partido de Adelaide, Stuart põe-se a caminho na direção do norte; quer chegar ao oceano naquele mesmo dia; o país é um pouco acidentado, e coberto de mineral de ferro e de rochas vulcânicas; as árvores tornam-se pequenas e adquirem aspecto marinho. Stuart ouve distintamente o ruído das ondas desfazendo-se de encontro à praia, mas não diz nada aos companheiros. Penetram numa mata obstruída de sarmentos de vinha brava. Stuart dá alguns passos. Está nas margens do oceano Índico.

"O continente acabava de ser atravessado pela quarta vez!

"Cumprindo a promessa feita ao governador sir Richard Macdonell, Stuart banhou os pés e lavou o rosto e as mãos no mar. Em seguida, voltou ao vale e inscreveu numa árvore as suas iniciais J.M. D.S., e organizou um acampamento perto de um veio de água corrente.

"No dia seguinte, Thring foi conferir se podiam alcançar a embocadura do Adelaide por sudoeste, mas desistiram da empresa, já que o solo era muito pantanoso para os cavalos.

"Stuart então escolheu uma árvore elevada, cortou-lhe os galhos mais baixos, e no cimo colocou uma bandeira australiana. Na casca da árvore escreveu: "É a meio metro ao sul que deve revolver o solo."

"E se um dia, algum viajante cavar no local indicado, achará uma caixa de folha, e dentro da caixa o seguinte documento, cujas palavras estão gravadas na minha memória:
GRANDE EXPLORAÇÃO
E PASSAGEM DE SUL A NORTE,
DA AUSTRALIA

"Os exploradores às ordens de John Mac Doual Stuart chegaram aqui no dia 25 de julho de 1862, depois de terem atravessado toda a Austrália desde o mar do sul até as margens do Oceano Índico, passando pelo centro do continente. Partiram de Adelaide no dia 26 de outubro de 1861 e saíram no dia 21 de janeiro de 1862 da última estação da colônia na direção do norte. Em memória deste feliz acontecimento, desenrolaram a bandeira australiana com o nome do chefe da expedição. Tudo corre bem. Deus proteja a rainha.

"Seguem-se as assinaturas de Stuart e dos seus companheiros".

"E assim se passou a ata deste grande acontecimento, que repercutiu em todo o mundo.

— Esses homens corajosos não tornaram a ver os seus amigos do sul? — perguntou lady Helena.

— Sim, milady — respondeu Paganel, — todos, mas não sem cruéis fadigas. Stuart foi quem mais sofreu, já que tinha a saúde bem deteriorada pelo escorbuto, quando tornou a seguir de volta a Adelaide. No princípio de setembro, a doença já progredira tanto, que ele não tinha esperanças em tornar a ver os distritos habitados. Não conseguia montar, e fazia a viagem num palanquim suspenso entre dois cavalos. No final de outubro corria sério risco de vida. Mataram um cavalo, para lhe fazerem caldo; no dia 28 daquele mês pensava que estava morrendo, quando teve uma sensível melhora, e no dia 10 de dezembro, a pequena caravana chegou aos primeiros estabelecimentos.

"Foi no dia 17 de setembro que Stuart entrou em Adelaide, no meio de uma população entusiasmada. Mas como o seu estado de saúde continuasse grave, depois de ter obtido a grande medalha de ouro da sociedade geográfica, partiu no *Indus* em direção à sua querida Escócia."

— Era homem dotado no mais alto grau de energia moral — disse Glenarvan, — a qual, mais depressa do que a força física, nos leva à realização dos grandes cometimentos. A Escócia tem fundado orgulho de o contar entre seus filhos.

— E depois de Stuart — perguntou lady Helena, — nenhum outro viajante tentou novas descobertas?

— Sim, milady — respondeu Paganel. — Falei de Leichardt. Este viajante já tinha feito em 1844 uma notável exploração na Austrália setentrional. Em 1848 empreendeu segunda expedição para nordeste. No espaço de dezessete anos não tornou a aparecer. No ano passado, o célebre botânico, o doutor Muller de Melbourne, abriu uma subscrição pública destinada às despesas de uma expedição. Esta subscrição foi rapidamente coberta, e um troço de corajosos pecuristas, comandado pelo inteligente e audacioso Mac Intyre, saiu em 21 de junho de 1864 das pastagens do rio Paroo. Neste momento em que lhes falo, deve-se ter ele internado muito pelo continente em busca de Leichartdt. Que seja bem sucedido, e que nós também, como ele, possamos achar os amigos que nos são tão caros!

Assim concluiu a narrativa o geógrafo. Já era tarde. Agradeceram então a Paganel, e pouco depois todos dormiam sossegadamente.

12

A ESTRADA DE FERRO DE MELBOURNE A SANDHURST

O major vira, com certa apreensão, Ayrton deixar o acampamento de Wimerra para ir procurar um ferrador na estação de Black-Point. Mas não falou de suas desconfianças, contentando-se em vigiar as proximidades do rio. A tranqüilidade destas campinas não sofreu alterações, e após algumas horas, o sol tornou a aparecer no horizonte.

Quanto a Glenarvan, só receava ver Ayrton voltar sozinho. Faltando mão-de-obra, a carroça não poderia pôr-se novamente a caminho. A viagem poderia ser interrompida durante muitos dias, e Glenarvan, impaciente por alcançar o fim que desejava, não admitia mais demoras.

Felizmente Ayrton desincumbiu-se bem de sua tarefa, reaparecendo no dia seguinte, ao romper do sol, acompanhado de um indivíduo que se dizia ferrador da estação de Black-Point. Era um homem vigoroso, alto, mas de fisionomia vulgar, que não inspirava confiança. Mas, isso pouco importava, desde que soubesse bem o seu ofício.

— Ele trabalha bem? — perguntou Mangles ao contramestre.

— Conheço-o tanto quanto o senhor o conhece, capitão — respondeu Ayrton. — Veremos.

O ferrador meteu mãos à obra, e pelo modo como consertou a carroça, via-se que sabia do seu ofício. Trabalhava com vigor pouco comum, e o major observou que seu pulso, corroído, apresentava um círculo negro de sangue pisado. Era indício de ferida recente, que as mangas de uma camisa de lã grosseira mal ocultavam. Mac-Nabs interrogou-o a respeito daquelas feridas, que deviam ter sido dolorosas. Mas o ferrador não respondeu, continuando o seu trabalho. Passadas duas horas, a carroça estava consertada. Quanto ao cavalo de Glenarvan, foi rápido, já que o ferrador tivera o cuidado de trazer ferraduras já preparadas. O major não pôde deixar de notar que estas ferraduras tinham uma particularidade: uma folha de trevo grosseiramente recortada na parte anterior do ferro, e chamou a atenção de Ayrton para o fato.

— É a marca de Black-Point — respondeu o contramestre. — Permite seguir o rasto dos cavalos que se afastam da estação, e não confundir com outros.

Dali a pouco o cavalo estava ferrado, e o ferrador recebeu seu dinheiro, sem ter pronunciado sequer quatro palavras.

Meia-hora depois, os viajantes estavam a caminho. Além da espessura das mimosas estendia-se um espaço descoberto, que merecia bem o nome de planície aberta. Alguns pedaços de quartzo e de rochas ferruginosas jaziam entre as sebes, as ervas altas e os cerrados onde se encerravam numerosos rebanhos. Algumas milhas adiante, as rodas da carroça sulcaram profundamente vários terrenos palustres, onde os riachos murmuravam, meio ocultos por caniços gigantescos. Depois, os viajantes costearam grandes lagoas salgadas que estavam em plena evaporação. A viagem era tranqüila, e sem grandes incidentes.

Lady Helena convidava os cavaleiros a visitá-la, porém, alternadamente, porque a sala era muito acanhada. Deste modo iam todos descansando da fadiga de andar a cavalo e deleitavam-se com a conversa daquela amável dama. Auxiliada por Mary, lady Helena fazia as honras da casa com graça. Nestes convites cotidianos, Mangles não ficava esquecido, e sua conversa era bem agradável.

Foi assim que os viajantes cortaram diagonalmente a estrada que vai de Crownland a Horsham, estrada poeirenta e onde os peões quase não transitam. Ao passarem pelo extremo do condado de Talbot, costearam alguns grupos de colinas pouco elevadas, e à noite, a caravana acampou a cinco quilômetros acima de Maryborough. Caía uma chuva fina, que em outro país qualquer encharcaria o solo; mas aqui o ar absorvia a umidade rapidamente, de modo que o acampamento nada sofreu.

No dia seguinte, 29 de dezembro, a marcha foi lenta em conseqüência do chão ser formado por continuadas subidas e descidas. Os viajantes andaram parte do caminho a pé, sem se queixarem.

Às onze horas chegaram a Carlsbrook, município muito importante. Ayrton sugeriu que não entrassem na cidade, a fim de se ganhar tempo. Glenarvan acatou a sugestão mas Paganel, sempre ávido por curiosidades, mostrou desejo de visitar Carlsbrook. Deixaram-no fazer sua vontade, e a carroça seguiu lentamente a viagem.

Segundo seu costume, Paganel levou junto Robert. A visita a Carlsbrook foi rápida, mas suficiente para lhe dar idéia exata das cidades australianas. Carlsbrook tinha um banco, um tribunal de justiça, um mercado, uma escola, uma igreja, e umas cem casas de tijolo, perfeitamente uniformes. A disposição da cidade era de um quadrilátero regular, cortado por ruas paralelas, conforme o método inglês. Tudo muito simples e prático, porque quando a cidade cresce, acrescentam-se mais ruas, sem que perfeita simetria sofra o menor transtorno.

Reinava em Carlsbrook grande atividade, sintoma comum nas cidades recentes. Gente cansada corria as ruas; nas casas de despacho, os exportadores de ouro faziam o pregão; o precioso metal, escoltado pela polícia, vinha das oficinas de Bendigo e do monte Alexandre. Toda esta multidão não pensava em outra coisa senão seus negócios, e os estrangeiros passaram despercebidos no meio daquela laboriosa população.

Depois de percorrerem Carlsbrook durante uma hora, os visitantes reuniram-se novamente aos seus companheiros, quando atravessavam um campo cuidadosamente cultivado. A este campo sucederam-se extensos prados, onde se erguiam muitas choças de pastores e vagueavam numerosíssimos rebanhos de carneiros. Em seguida apareceu o deserto, sem transição. As colinas Simpson e o monte Tarragower elevavam-se na ponta que o distrito de Loddo faz ao sul, sob o grau cento e quarenta e um de longitude.

Até ali não tinham encontrado ainda nenhuma das tribos aborígines. Glenarvan perguntava a si mesmo se na Austrália faltariam australianos, como nos Pampas argentinos faltavam índios. Mas Paganel o informou que, naquela latitude, os selvagens habitam principalmente as planícies de Murray, situadas a 160 quilômetros a leste.

— Estamos nos aproximando do país do ouro — disse ele. — Dentro de dois dias iremos atravessar a opulenta região do monte Alexandre. Foi aí que, em 1852, baixou a nuvem dos mineiros. Os naturais tiveram que fugir para os desertos do interior. Sem que o pareça, estamos em país civilizado, e antes de findar o dia, iremos atravessar a estrada de ferro que põe o Murray em comunicação com o mar. Na verdade, confesso que uma estrada de ferro na Austrália me parece coisa surpreendente!

— Por que? — perguntou Glenarvan.

— Porque acho esquisito! Ora, sei que os ingleses estão habituados a colonizar terras longínquas, mas isto, para um francês, como eu, torna confusas todas as idéias sobre a Austrália!

— Porque o senhor olha para o passado, e não para o presente — redargüiu Mangles.

— Certo — tornou Paganel, — mas imaginar locomotivas apitando através dos desertos, imaginar os animais fugindo diante dos trens, isso espanta quem não for inglês ou americano. As estradas de ferro tiram toda a poesia do deserto.

— O que importa, se o progresso penetra nele! — replicou o major.

Um agudo silvo interrompeu a discussão. Os viajantes estavam próximos da estrada de ferro. Como dissera Paganel, esta estrada ligava a capital de Vitória ao Murray, o maior rio da Austrália. Esta imensa corrente, descoberta em 1828 por Stuart, que nasce nos Alpes australianos e é engrossada pelo Lachlan e o Darling, prolonga-se por toda a fronteira setentrional da província de Vitória, lançando-se na baía Encounter, junto de Adelaide. Atravessa países ricos e férteis, e no seu curso multiplicam-se as fazendas, graças à fácil comunicação que a estrada de ferro estabelece com Melbourne.

Esta via era então explorada numa extensão de cento e setenta quilômetros entre Melbourne e Sandhurst, passando por Kyneton e Castlemaine. A sua construção prolongava-se por cento e vinte quilômetros até Echuca, capital da colônia Riverine, fundada naquele mesmo ano por Murray.

O paralelo trinta e sete cortava a estrada de ferro alguns quilômetros acima de Castlemaine, e precisamente em Camden-Bridge, ponte lançada sobre o Lutton, um dos numerosos confluentes do Murray.

Foi para este local que Ayrton dirigiu a carroça, precedido dos cavaleiros, que se permitiram uma galopada até Camden-Bridge. Impelia-os uma viva curiosidade.

Com efeito, considerável multidão se dirigia para a ponte da estrada de ferro. Os habitantes das estações vizinhas, abandonando as suas casas, os pastores deixando o gado, atulhavam as proximidades da estrada. Podiam-se escutar gritos muitas vezes repetidos: "Para a ferrovia! Para a ferrovia!"

Devia ter acontecido algo grave, para ocasionar toda esta agitação. Talvez mesmo uma catástrofe.

Glenarvan, seguido dos seus companheiros, apertou o galope. Em poucos minutos chegou a Camden-Bridge, e compreendeu o porquê da multidão.

Uma terrível catástrofe acontecera, não um choque de trens, mas um descarrilamento e uma queda! O rio, que a ferrovia atravessava, estava atulhado de vagões e locomotiva. Fosse porque a ponte cedesse sob o peso do trem, fosse porque o comboio saltasse para fora dos trilhos, de seis vagões, cinco tinham caído no leito do Lutton, arrastados pela locomotiva. Só o último vagão, milagrosamente salvo, permanecia a poucos metros do abismo. Embaixo, só se via um sinistro monte de eixos enegrecidos e quebrados, caixas arrombadas, trilhos retorcidos, travessas calcinadas. A caldeira, que arrebentara com o choque, arremessara pedaços das suas chapas a grandes distâncias. De toda esta aglomeração de objetos informes, saíam ainda chamas e espirais de fumaça. Extensos rastos de sangue, membros espalhados, pedaços de cadáveres carbonizados apareciam em diversos pontos, e ninguém ousava calcular o número de vítimas acumuladas sob estes destroços.

Glenarvan, Paganel, o major, Mangles, misturados com a multidão, escutavam o que se dizia. Enquanto trabalhavam no salvamento dos destroços, cada um procurava explicar a catástrofe.

— A ponte cedeu — dizia um.

— Claro que não! Pois se ela está intacta! Esqueceram-se de a fechar na passagem do trem, foi isso!

Era, de fato, uma ponte levadiça que se abria para o serviço de navegação dos pequenos barcos. Por uma negligência imperdoável, o guarda da ponte devia ter-se esquecido de a descer, e o trem, que vinha a toda velocidade, ficou sem estrada, indo precipitar-se no leito do Lutton. Esta parecia ser, certamente, a hipótese mais admissível, porque se uma parte da ponte jazia sob os destroços, a outra metade, dobrada sobre a margem oposta, pendia ainda intacta. Não restava dúvida que um descuido do guarda acabara de causar a catástrofe.

O acidente acontecera de noite, vitimando o expresso nº 37, que partira de Melbourne às onze horas e quarenta e cinco minutos. Deviam ser três e quinze da manhã quando o trem, vinte e cinco minutos depois de ter saído da estação de Castlemaine, chegou à passagem de Camden-Bridge, e aí se despedaçou. Os viajantes e os empregados do último vagão trataram de pedir socorro; mas o telégrafo, cujos postes jaziam por terra, já não funcionava. As autoridades de Castlemaine demoraram três horas para chegarem ao local do acidente. Por isso, os trabalhos de salvamento, organizados sob a direção do sr. Mitchell, inspetor geral da colônia, e de uma esquadra de policiais, comandados por um oficial, começaram por volta das seis da manhã. Os pecuaristas e sua gente tinham vindo auxiliar, trabalhando principalmente na extinção do incêndio, que devorava aquele montão de destroços. Alguns cadáveres desfigurados estavam deitados sobre o declive do entulho. Tinha-se que renunciar à esperança de achar sobreviventes. Dos viajantes, cujo nome se ignorava, só dez sobreviviam, os do último vagão. A administração da ferrovia acabava de enviar a locomotiva de socorro para os reconduzir a Castlemaine.

Lorde Glenarvan, tendo-se apresentado ao inspetor geral, conversava com ele e com o oficial de polícia. Este último era um homem alto e magro, imperturbável, e de feições impassíveis. Perante todo aquele desastre, era como um matemático diante de um problema, tentando resolvê-lo. Por isto, a um "Eis uma grande desgraça!" dito por Glenarvan, replicou tranqüilamente:

— Melhor do que isso, milorde.

— Melhor? — exclamou Glenarvan, escandalizado. — O que há de melhor do que uma desgraça?

— Um crime! — respondeu serenamente o oficial da polícia.

Glenarvan, sem nada dizer, voltou-se para o sr. Mitchell, interrogando-o com o olhar.

— Sim, milorde — tornou o inspetor geral. — O nosso inquérito deu-nos certeza de que a catástrofe é resultado de um crime. O último vagão de bagagens foi saqueado. Os viajantes que sobreviveram foram atacados por um bando de cinco a seis malfeitores. A ponte ficou levantada intencionalmente, não por descuido, mesmo porque, o guarda desapareceu, o que nos faz concluir que ele se tornou cúmplice dos criminosos.

O oficial de polícia abanou a cabeça, ao ouvir esta dedução do inspetor.

— Não concorda com isto? — perguntou-lhe o sr. Mitchell.

— Não a respeito da cumplicidade do guarda.

— Entretanto, esta cumplicidade — prosseguiu o inspetor, — permite-nos atribuir o crime aos selvagens que vagueiam nas campinas do Murray. Se não fosse o guarda, os indígenas não teriam podido abrir a ponte, cujo mecanismo desconhecem.

— Exato — replicou o oficial de polícia.

— Ora — acrescentou o sr. Mitchell, — um barqueiro, que atravessou Camden-Bridge às dez e quarenta e cinco, afirmou que a ponte foi fechada após sua passagem.

— Muito bem.

— Portanto, em vista disso, a cumplicidade do guarda parece-me comprovada.

O oficial de polícia continuava a abanar a cabeça.

— Mas então, se o senhor não atribui o crime aos selvagens, atribui a quem? — perguntou-lhe Glenarvan.

Naquele momento, a uma distância de um quilômetro rio acima, elevou-se grande rumor. Formara-se um ajuntamento, que rapidamente engrossou, e dali a pouco chegou à estação. No centro, dois homens traziam o cadáver do guarda, já frio, ferido com uma punhalada no coração. Os assassinos, levando o corpo para longe de Camden-Bridge, tinham querido decerto desfazer as suspeitas e confundir a polícia nas suas primeiras pesquisas.

Esta descoberta justificava plenamente as dúvidas do oficial. Os selvagens não tinham tomado parte alguma no monstruoso crime.

— Quem praticou o crime — disse ele, — são indivíduos familiarizados com o uso deste equipamento.

E falando assim, mostrou um par de algemas, composta de anel duplo munido de uma fechadura.

— Dentro em pouco — acrescentou ele, — terei o prazer de lhes oferecer este bracelete como presente de boas-festas.

— Então, suspeita?...

— De certos indivíduos que "têm viajado de graça nos navios de sua majestade".

— O que? Degredados? — exclamou Paganel.

— Eu achei que os degredados não podiam residir na província de Vitória! — observou Glenarvan.

— Ora, não têm direito, mas isto não os impede! Os degredados fogem algumas vezes –replicou o oficial de polícia, — e se não me engano, estes vieram em linha reta de Perth. Pois bem, irão voltar para lá!

O sr. Mitchell aprovou as palavras do oficial de polícia. Neste momento, a carroça chegou ao local do acidente. Glenarvan quis poupar às senhoras o horrível espetáculo do acidente, e despediu-se de todos, chamando seus companheiros.

— Não é motivo para interrompermos a viagem — disse ele.

Chegando à carroça, Glenarvan contou a lady Helena sobre o acidente, mas não mencionou nada sobre os motivos do acidente. Também não mencionou a presença de um bando de degredados no país, deixando para tratar deste assunto em particular com Ayrton. Em seguida, a pequena caravana atravessou a ferrovia alguns metros acima da ponte, retomando a direção leste.

13

UM PRIMEIRO PRÊMIO DE GEOGRAFIA

Algumas colinas traçavam no horizonte os seus contornos alongados e limitavam a planície a quatro quilômetros da ferrovia. A carroça não demorou muito a se meter por desfiladeiros estreitos e caprichosamente sinuosos. Esses desfiladeiros iam dar numa região encantadora, onde formosas árvores, reunidas em grupos isolados, cresciam com exuberância inteiramente tropical. Entre as mais admiráveis, distinguiam-se as "casuarinas", que parecem ter pedido ao carvalho a estrutura robusta do tronco, à acácia as vagens odoríferas, e ao pinheiro a rudeza das folhas um pouco esverdeadas. Com os seus ramos misturavam-se os cones curiosos da "banksia latifolia", cuja aparência esguia é extremamente elegante. Grandes arbustos de ramos pendentes produziam o efeito de água esverdeada, transbordando de vasos cheios. O olhar hesitava entre todas estas maravilhas naturais, e não sabia onde fixar a sua admiração.

A pequena caravana parara por um instante. Lady Helena mandara Ayrton deter os bois. Os espessos discos da carroça tinham cessado de chiar sobre a areia. Por baixo das árvores desenrolavam-se extensos tapetes de verdura, apenas algumas intumescências do solo, algumas elevações regulares, os dividiam em casas ainda perceptíveis, dando-lhes a aparência de um grande tabuleiro de xadrez.

Paganel não se enganou à vista destas verdejantes solidões, tão poeticamente dispostas para o repouso eterno. Reconheceu aquelas lousas funerárias, cujos últimos vestígios a erva está apagando, e que o viajante tão raramente encontra sobre a terra australiana.

— Os bosques da morte — disse ele.

Realmente, tinham diante de si um cemitério indígena, mas tão fresco, tão alegre, graças aos bandos de pássaros que por ele voavam, tão atrativo que não despertava nenhuma idéia triste. Podia ser, facilmente, tomado por um dos jardins do Éden, quando a morte não pairava sobre a face da terra. Parecia feito para os vivos. Mas aqueles túmulos, que o selvagem conservava com piedoso desvelo, começavam já a desaparecer sob um fluxo de verdura. A conquista afugentara o australiano para longe da terra onde dormiam os seus ancestrais, e a colonização não tardaria em entregar aqueles campos da morte à voracidade dos rebanhos. Por isso tais bosques se mostram raros, sendo já trilhados pelo viajante muitos que ocultam uma geração inteira e recente.

Paganel e Robert, tomando a dianteira aos seus companheiros, seguiam por entre os túmulos, ao longo de pequenas alamedas umbrosas. Conversavam e aprendiam mutuamente, porque o geógrafo sustentava que lucrava muito com a conversa do jovem Grant. Mas tinham andado poucos metros, quando lorde Glenarvan os viu parar, depois apear e finalmente inclinarem-se para a terra. Pareciam examinar algum objeto muito curioso, a julgar pelos seus gestos expressivos.

Ayrton incitou os bois, e a carroça não tardou a alcançar os dois amigos. A causa da parada e da admiração era um rapazinho indígena, de uns oito anos de idade, vestido à moda européia, que dormia tranqüilamente sob uma árvore. Os traços característicos dos aborígines eram facilmente identificáveis: cabelos crespos, cor quase negra, nariz achatado, lábios grossos, o comprimento pouco comum dos braços. Tinha, porém, uma fisionomia inteligente.

Lady Helena, interessando-se por ele, desceu da carroça. Dali a pouco todos rodeavam o menino, que dormia profundamente.

— Será que a pobre criança perdeu-se neste deserto? — disse Mary.

— Suponho — redargüiu lady Helena, — que veio de longe para visitar os bosques da morte! Repousam aqui, certamente, pessoas a quem ama!

— Não devemos abandoná-lo! — disse Robert. — Ele está só, e...

A caritativa frase de Robert foi interrompida por um movimento do jovenzinho, que se virou sem acordar, mas então a surpresa foi geral, ao verem-lhe nas costas o seguinte escrito:

Toliné
Deve ser transportado para Echuca,
aos cuidados de Jeffries Smith, condutor da ferrovia.
Transporte pago

— Coisa de inglês! — exclamou Paganel. — Despacham uma criança como um caixote de panos! Registram-na como um fardo! Já tinham me dito, mas não quis acreditar.

— Pobrezinho! — exclamou lady Helena. — Estava no trem que descarrilou em Camden-Bridge? Talvez os pais morreram, e agora está só no mundo.

— Não creio, milady — redargüiu Mangles. — Aqui diz, pelo contrário, que ele viaja só.

— Está acordando! — preveniu Mary Grant.

O menino abriu vagarosamente os olhos, tornando a fechá-los, feridos pelo brilho do dia. Lady Helena pegou-lhe na mão; a criança levantou-se e lançou um olhar admirado para o grupo dos viajantes. Uma expressão de terror alterou-lhe as feições, mas a presença de lady Glenarvan o tranqüilizou.

— Fala inglês, meu amigo? — perguntou-lhe a jovem.

— Compreendo e falo — respondeu o rapazinho, com sotaque carregado.

— Qual é o seu nome? — perguntou lady Helena.

— Toliné — respondeu o pequeno indígena.

— Ah! Toliné! — exclamou Paganel. — Se não me engano, isto significa "casca de árvore" em australiano, não é?

Toliné fez um sinal afirmativo, tornando a olhar para os viajantes.

— De onde vem, meu amigo? — tornou lady Helena.

— De Melbourne, pela estrada de Sandhurst.

— Vinha no trem que descarrilou na ponte de Camden? — perguntou Glenarvan.

— Sim, senhor — respondeu Toliné, — mas o Deus da Bíblia protegeu-me.

— Estava viajando sozinho?

— Sim. O reverendo Paxton confiara-me aos cuidados de Jeffries Smith. Infelizmente, o pobre morreu.

— E não conhecia mais ninguém?

— Não, senhor. Deus, porém, vela pelas crianças, e jamais as abandona!

Toliné dizia estas coisas com voz meiga, que ia direto ao coração. Quando falava de Deus, tornava-se mais grave o seu tom, os olhos se iluminavam e adivinhava-se todo o fervor contido naquela alma tão tenra.

Tal fervor religioso em idade tão pequena se explica facilmente. O rapazinho era um desses pequenos indígenas batizados pelos missionários ingleses, e educados nas práticas austeras da religião metodista. As respostas serenas, o seu asseio, o traje sóbrio, já lhe davam o aspecto de um pequeno reverendo.

Mas para aonde ele ia assim, através daquelas regiões desertas, e porque abandonava Camden-Bridge?

Lady Helena interrogou-o a este respeito.

— Voltava para a minha tribo, no Lachlan — respondeu ele. — Quero tornar a ver minha família.

— Australianos? — perguntou Mangles.

— Australianos do Lachlan — respondeu Toliné.

— E você tem pai, mãe? — perguntou Robert.

— Sim, meu irmão — respondeu Toliné, estendendo a mão para o jovem Grant, a quem este nome de irmão muito comoveu. Abraçou o pequeno indígena, e não era preciso mais nada para fazer deles amigos.

Os viajantes, extremamente interessados nas respostas do jovem selvagem, tinham-se pouco a pouco sentado em volta dele, e escutavam-no. O sol já se ocultava detrás das grandes árvores. Visto que o local parecia propício para se acampar, Glenarvan deu ordens para que tudo fosse providenciado. Ayrton tirou os bois do carro, com ajuda de Mulrady e de Wilson e deixou-os pastar à vontade. Armou-se a barraca, e Olbinett preparou o jantar. Toliné aceitou o convite para jantar de boa vontade.

Todos se interessavam pela criança, e interrogavam-na. Queriam conhecer a sua história. Ela era bem simples. O seu passado era o de todos os pobres indígenas confiados desde tenra idade ao cuidado das associações de caridade pelas tribos vizinhas da colônia. Os australianos têm costumes pacíficos. Não nutrem pelos invasores o ódio feroz que caracteriza os habitantes da Nova Zelândia, e talvez algumas tribos da Austrália do norte. Freqüentam as cidades principais, Adelaide, Sidney, Melbourne, e passeiam por elas num traje bem primitivo. Comerciam miudezas da sua indústria, instrumentos de caça ou de pesca, e alguns chefes de tribo, decerto por economia, deixam sem repugnância os seus filhos aproveitar o benefício da educação inglesa.

Foi o que fizeram os pais de Toliné, verdadeiros selvagens do Lachlan, vasta região situada além do Murray. Durante os cinco anos que estivera em Melbourne, ele não vira nenhum dos seus. E contudo, o imorredouro sentimento de família conservava-se sempre no seu coração, e era para tornar a ver sua tribo, talvez dispersa, a sua família, com certeza dizimada, que Toliné tomara o difícil caminho do deserto.

— E depois que abraçar o seu pai, voltará para Melbourne? — perguntou-lhe lady Helena.

— Sim, senhora — respondeu Toliné, olhando para jovem com ternura sincera.

— E o quer deseja fazer um dia?

— Arrancar meus irmãos da miséria e ignorância! Quero instruí-los, levá-los ao conhecimento e amor de Deus! Desejo ser missionário!

Estas palavras, proferidas com animação por uma criança de oito anos, podiam promover o riso a quem fosse de gênio leviano e zombeteiro; mas aqueles graves escoceses compreenderam-nas e respeitaram-nas; admiraram o valor religioso daquele jovem discípulo já pronto para o combate. Paganel sentiu-se profundamente comovido, e tomou verdadeira simpatia pelo pequeno indígena.

Até então, aquele selvagem vestido à européia não lhe agradava. Não viera à Austrália para ver australianos de casaca. Queria-os vestido com suas pinturas de cores exóticas. Aquele traje "correto" transtornava-lhe as idéias. Mas assim que ouviu Toliné falar com tamanho ardor, reconsiderou e declarou-se seu admirador.

Demais, o final da conversa devia fazer do geógrafo o melhor amigo do pequeno australiano.

A uma certa pergunta de lady Helena, Toliné respondeu que estudava na "escola normal" de Melbourne, dirigida pelo reverendo Paxton.

— E o que é que aprende nesta escola? — perguntou lady Glenarvan.

— Aprendo a Bíblia, matemática, geografia...

— Ah, geografia! — exclamou Paganel, a quem haviam tocado na corda sensível.

— Sim, senhor — volveu Toliné. — Ganhei até um dos primeiros prêmios de geografia antes das férias de janeiro.

— Recebeu um prêmio de geografia, meu rapaz?

— Sim senhor — disse Toliné, retirando um livro da algibeira.

Era um bíblia pequena e bem encadernada. No verso da primeira página lia-se: "*Escola normal de Melbourne*, 1º prêmio de geografia, Toliné de Lachlan".

Paganel não cabia em si! Um australiano forte em geografia, era coisa que o maravilhava, e beijou Toliné em ambas as faces, como se fosse nada menos que o reverendo Paxton em dia de distribuição de prêmios. Contudo, Paganel devia saber que fato semelhante não é raro nas escolas australianas. Os jovens selvagens têm muita aptidão para as ciências geográficas, aplicam-se a elas sem custo, e mostram um espírito rebelde aos cálculos.

Toliné não entendeu a razão dos repentinos afagos do sábio. Lady Helena teve de lhe explicar que Paganel era um célebre geógrafo, e também excelente professor.

— Um professor de geografia! — replicou Toliné. — Oh, meu senhor, faça uma argüição!

— Ora, meu jovem, mas isso é o que eu mais queria fazer. Gostaria de saber como se ensina geografia na escola de Melbourne!

— E se Toliné o apanhar em erro, Paganel? — disse o major.

— Ora essa! — exclamou o geógrafo. — Apanhar em erro o secretário da Sociedade Geográfica da França!

Depois, firmando melhor os óculos no nariz, endireitando a sua elevada estatura, e tomando um tom grave, como convém a um professor, começou com a argüição.

— Estudante Toliné, levante-se — disse ele.

Toliné, que já estava em pé, não podia levantar-se mais. Aguardou as perguntas, então, diante do geógrafo.

— Quais são as cinco partes do mundo? — perguntou então Paganel.

— A Oceania, a Ásia, a África, a América e a Europa — respondeu Toliné.

— Muito bem. Falemos primeiramente da Oceania, já que nos achamos nela neste momento. Quais são as suas principais divisões?

— Divide-se em Polinésia, Malásia, Micronésia e Melanésia. As suas ilhas principais são a Austrália, que pertence aos ingleses, a Tasmânia, que pertence aos ingleses, as ilhas Chatham, Auckland, Macquarie, Kermadec, Makin, Maraki, etc., que pertencem aos ingleses.

— Bem — redargüiu Paganel, — mas e a Nova Caledônia, as Sandwich, as Medanha, as Pomotú?

— São ilhas que estão sob o protetorado da Grã-Bretanha.

— Como! Sob o protetorado da Grã-Bretanha? — exclamou Paganel, — Parece-me, pelo contrário, que a França...

— A França? — exclamou o pequeno, muito admirado.

— Aí está! Aí está! — disse Paganel. — Eis o que lhes ensinam na escola normal de Melbourne!

— Sim, senhor professor, e não está certo?

— Sim! sim! Muito bem — redargüiu Paganel. — Toda a Oceania pertence aos ingleses! Isso é negócio entendido! Continuemos.

Paganel tinha um ar meio vexado, meio surpreendido, que divertia muito o major.

O interrogatório continuou.

— Passemos à Ásia — disse o geógrafo.

— A Ásia é um país imenso — respondeu Toliné, — capital: Calcutá. Cidades principais: Bombaim, Madrasta, Calicut, Aden, Malaca, Cingapura, Pegú, Colombo; ilhas Laquedivas, ilhas Maldivas, ilhas Chagos, etc., etc. Pertence aos ingleses.

— Bem! Muito bem, Toliné! E a África?

— A África encerra duas colônias principais: ao sul, a do Cabo, com Cape-Town por capital; e ao ocidente, os estabelecimentos ingleses: cidade principal: Serra Leoa.

— Muito bem! — disse Paganel, que principiava a se resignar com aquela geografia anglo-fantasista, perfeitamente ensinada.

— Quanto à Algéria, Marrocos, ao Egito... riscados dos atlas britânicos! Gostaria agora de falar um pouco da América!

— Divide-se, prosseguiu Toliné, em América setentrional e em América meridional. A primeira pertence aos ingleses pelo Canadá, Novo Brunswick, Nova Escócia, e Estados Unidos, debaixo da administração do governador Johnson!

— O governador Johnson! — exclamou Paganel. — O sucessor do grande e bom Lincoln, assassinado por um doido fanático da escravatura! Muito bem! Melhor não é possível. E quanto à América do Sul, com a sua Guiana, as suas Malouines, o seu arquipélago de Shetland, com a sua Geórgia, Jamaica, Trinidad, etc., pertence ainda aos ingleses! Não serei eu a discutir a tal respeito. Mas, Toliné, desejava saber a sua opinião sobre a Europa, ou antes a opinião dos seus professores!

— A Europa? — replicou Toliné, que não compreendia a animação do geógrafo.

— Sim! A Europa! A quem pertence a Europa?

— Mas a Europa pertence os ingleses — respondeu o pequeno com decisão.

— Também achava isso — retorquiu Paganel. — Mas onde, é o que eu desejava saber.

— A Inglaterra, Escócia, Malta, ilhas Jersey e Guernesey, ilhas Jônias, Hebrides, Shetland, Orcades...

— Bem, Toliné, mas há outros estados que esqueceu de nomear, meu rapaz!

— Quais, senhor? — perguntou-lhe Toliné, que não se atrapalhava.

— A Espanha, a Rússia, a Áustria, a Prússia, a França!
— São províncias e não estados! — disse Toliné.
— Ora essa! — exclamou Paganel, tirando com violência os óculos do nariz.
— Com certeza, a Espanha, capital Gibraltar.
— Admirável! E a França, meu rapaz, porque sou francês, e gostaria de saber a quem pertenço!
— A França — respondeu Toliné tranqüilamente, — é uma província inglesa; capital Calais.
— Calais! — exclamou Paganel. — Como! Acha que Calais ainda pertence à Inglaterra?
— Decerto.
— E é a capital da França?
— Sim, senhor, é aí que reside o governador, lorde Napoleão...

Ao escutar isso, Paganel explodiu. Toliné não sabia o que pensar. Tinham-no argüido, e respondera o melhor que pudera. Mas a singularidade de suas respostas não era sua culpa. E ele esperava pacientemente o fim daquele incompreensível debate.

— Eu tinha razão, Paganel — disse o major, rindo. — Foi Toliné quem lhe deu uma lição!

— É verdade — replicou o geógrafo. — Aí está como se ensina geografia em Melbourne! Excelentes estes professores da escola normal! A Europa, a Ásia, a África, a América, a Oceania, tudo pertence aos ingleses! E é a esta educação que os indígenas se submetem! Muito bem, Toliné, e a lua? Ela também é inglesa?

— Irá ser, um dia — respondeu gravemente o jovem.

Paganel levantou-se depois disto, pois tinha vontade de rir.

Depois disso, Glenarvan foi buscar um livro na sua pequena biblioteca de viagem. Era o *Resumo de Geografia* de Samuel

Richardson, obra muito respeitada na Inglaterra, e mais em dia com a ciência do que os professores de Melbourne.

— Tome, meu filho — disse ele a Toliné, — guarde este livro. Você tem algumas idéias falsas a respeito de geografia que é preciso modificar. Isto fica como lembrança do nosso encontro.

Toliné pegou o livro sem responder, olhou para ele atentamente, meneando a cabeça com ar incrédulo, sem se resolver a colocá-lo na algibeira.

Já eram dez horas da noite. O melhor era tratarem de ir dormir, a fim de levantarem cedo. Robert ofereceu ao seu novo amigo metade de sua cama, o que o pequeno indígena aceitou de bom grado.

Instantes depois, lady Helena e Mary voltaram para a carroça, e os viajantes estenderam-se debaixo da tenda, enquanto as gargalhadas de Paganel se confundiam com os ruídos noturnos da mata.

No dia seguinte, ao despertarem, os viajantes procuraram em vão o pequeno australiano. Toliné desaparecera. Teria se ofendido com as risadas de Paganel, ou desejaria chegar o quanto antes a Lachlan, para rever os pais? Não se sabia.

Mas quando lady Helena acordou, encontrou um ramalhete de flores singelo, e Paganel encontrou no bolso do casaco a "geografia" de Samuel Richardson.

14

AS MINAS DO MONTE ALEXANDRE

Em 1814, sir Roderick Impey Murchison, atualmente presidente da Sociedade Geográfica de Londres, achou pelo estado da sua conformação, notáveis relações de identidade entre a cordilheira dos Ourales e a cordilheira que se estende de norte a sul, não muito longe da costa meridional da Austrália.

Ora, se os Ourales são uma cordilheira aurífera, o sábio geógrafo se perguntou se o precioso metal não se encontrava também na cordilheira da Austrália. Não se enganava.

De fato, dois anos depois, algumas amostras de ouro lhe foram enviadas da Nova Gales do Sul, e promoveu a emigração de um grande número de operários da Cornualha para as regiões auríferas da Nova Holanda.

Foi Francis Dutton quem achou os primeiros pedaços de ouro da Austrália do Sul. Gortes e Smyth descobriram os primeiros jazigos da Nova Gales.

Dado o primeiro impulso, os mineiros afluíram de todos os pontos do globo: ingleses, americanos, italianos, franceses, alemães, chineses. Mas foi só a 3 de abril de 1851 que o sr. Hargraves verificou a existência de jazigos de ouro muito ricos, e propôs ao governador da colônia de Sidney, Sir Ch. Fitz-Roy, que lhe concedesse a exploração mediante módica quantia de quinhentas libras esterlinas.

A proposta não foi aceita, mas a nova descoberta se espalhara. Os exploradores dirigiram-se para o Sumerhill e o Leni´s

Pond. A cidade de Ophir foi fundada, e pela riqueza das explorações, mostrou-se bem depressa digna deste nome bíblico.

Até então não se fizera menção da província de Vitória, que aliás devia vencê-la pela opulência dos seus jazigos.

De fato, alguns meses depois, em agosto de 1851, os primeiros pedaços de ouro nativo da província foram desenterrados, e bem depressa quatro distritos se viram largamente explorados. Eram os distritos de Ballarat, Ovens, Bendigo e do monte Alexandre, todos eles muito ricos; mas no rio de Ovens, a abundância das águas tornava o trabalho penoso; em Ballarat, uma divisão desigual do ouro fazia muitas vezes falhar os cálculos dos exploradores; em Bendigo, o solo não se prestava às exigências do trabalhador. No monte Alexandre, todas as condições de êxito se achavam reunidas num solo regular, e este precioso metal, chegando a valer mil e quatrocentos francos a libra, alcançou o preço mais elevado de todos os mercados do mundo.

Era precisamente a este lugar tão fecundo em ruínas funestas e fortunas inesperadas que o caminho do paralelo trinta e sete conduzia os que procuravam o capitão Grant.

Depois de terem andado todo o dia 31 de dezembro sobre um terreno acidentado, que cansou os cavalos e bois, avistaram os cumes arredondados do monte Alexandre.

O acampamento se estabeleceu num estreito desfiladeiro desta pequena cordilheira, e os animais pastaram entre os pedaços de quartzo que juncavam o solo. Não era ainda a região dos jazigos explorados. Foi só no dia seguinte, o primeiro dia do ano de 1866, que a carroça sulcou as estradas daquela opulenta região.

Paganel e seus companheiros tiveram o prazer de ver de passagem este célebre monte, chamado Geboor na língua da Austrália. Ali se precipitou toda a horda de aventureiros, ladrões, homens de bem, os que fazem enforcar e os que fazem com que os enforquem. Aos primeiros boatos da grande descoberta, no ano de 1851, as cidades, os campos, navios, foram abandonados pelos habitantes, pecuaristas e gente do mar. A febre do ouro era uma epidemia, contagiosa como a peste, e quantos não morreram dela, já julgando terem alcançado a fortuna! A natureza, pródiga, tinha semeado milhões em mais de vinte e cinco graus de latitude na maravilhosa Austrália. Era hora da colheita, e os ceifadores acorriam à ceifa. O serviço de cavador sobressaía a todos os outros, e se é verdade que muitos sucumbiram na tarefa, prostrados pelas fadigas, outros enriqueceram com um só golpe de picareta. Calavam-se as ruínas, apregoavam-se as fortunas. Estes caprichos da sorte acharam eco nas cinco partes do mundo, e não tardou que um bando de ambiciosos de todas as espécies afluíssem às praias da Austrália. Durante os últimos quatro meses de 1852, só Melbourne recebeu cinqüenta e quatro mil emigrantes, um exército sem disciplina.

Durante os primeiros anos da mais louca embriaguês, reinou o caos. Entretanto os ingleses, com sua costumeira energia, conseguiram dominar a situação. Por essa razão, Glenarvan não devia encontrar sombra das desordens de outro tempo, das cenas violentas de 1852. Treze anos haviam decorrido, e agora a exploração dos terrenos auríferos era feita com método, e segundo as regras de uma severa organização.

Por volta das onze horas, chegaram ao centro das explorações. Naquele local encontrava-se uma verdadeira cidade, com oficinas, banco, caserna, casas e jornais. Os hotéis, fazendas e casas de campo não faltavam. Havia até um teatro, muito freqüentado, que naquela ocasião apresentava a peça *Francis Obadiah, ou O Feliz Mineiro*.

Curioso por visitar aquela vasta exploração, Glenarvan deixou a carroça seguir o caminho sob os comandos de Ayrton e Mulrady. Iria alcançá-los algumas horas depois. Paganel ficou contente com este arranjo, e como de costume, ciceroneou a pequena caravana.

Seguindo o conselho de Paganel, foram para o Banco. As ruas eram largas, e cuidadosamente cuidadas. Enormes tabuletas da *Golden Company Limited*, da *Digger's General Office*, da *Nugget's Union*, atraíam a atenção. A associação dos braços e do capital substituíra a ação isolada dos mineiros. Por todos os lados se viam funcionar as máquinas que lavavam as areias, pulverizando o precioso quartzo.

Além das habitações estendia-se vasta porção de terreno, entregues à exploração. Aí cavavam os mineiros, contratados e bem pagos pelas companhias. O ferro das pás cintilava ao sol. Entre os trabalhadores havia tipos de todas as nações, desempenhando em silêncio sua tarefa, como assalariados que eram.

— Não se deve supor, contudo — disse Paganel, — que já não haja na Austrália os aventureiros, atacados pela febre do ouro, que vêm tentar fortuna nas minas. A maior parte aluga os braços às companhias, e isto é preciso, porque os terrenos auríferos estão todos vendidos ou arrendados pelo governo. Mas aquele que não tem nada, que não pode alugar nem comprar, ainda tem uma possibilidade de enriquecer.

— Qual? — perguntou lady Helena.

— Pelo "jumping"! Uma combinação feita pelos mineiros, que causa muitas vezes desordens e violência, mas que as autoridades nunca puderam abolir.

— Conte logo, Paganel — disse o major.

— Muito bem, toda a terra, do centro da exploração, que não tenha sido trabalhada durante vinte e quatro horas, excetuando os dias solenes, cai no domínio público. Todo aquele que se apodera dela pode cavar e enriquecer, se o céu o ajudar. Portanto, Robert, trate de descobrir um desses buracos abandonados, e ele lhe pertencerá.

Todos riram do gracejo do sábio, e depois de visitarem o local principal das minas e trilhar um terreno removido, composto em grande parte de quartzo, xisto argiloso e areia proveniente da desagregação das rochas, os viajantes chegaram ao banco.

Era um vasto edifício, que ostentava no alto da fachada o pavilhão nacional. Lorde Glenarvan foi recebido pelo inspetor geral, que lhe fez as honras do estabelecimento.

É ali que as companhias depositam, em troca de um recibo, o ouro extraído. Ia longe o tempo em que o mineiro dos primeiros dias era explorado pelos comerciantes da colônia. Os viajantes, curiosos, viram curiosas amostras de ouro, e o inspetor deu-lhes interessantes informações a respeito dos diversos modos de exploração daquele metal.

Encontra-se, geralmente, sob duas formas: em rolo ou desagregado. Em estado mineral, acha-se misturado com terras de aluvião, ou encerrado na sua ganga de quartzo. Portanto, na extração, procede-se segundo a natureza do terreno, ou escavando a superfície, ou aprofundando a escavação.

Quando é em rolo, o ouro jaz na profundidade das torrentes, dos vales e dos desfiladeiros, sobreposto, conforme o tamanho, primeiro os grãos, depois as lâminas, e por último as palhetas.

Se, pelo contrário, é ouro desagregado, cuja ganga foi composta pela ação do ar, acha-se concentrado num lugar, reunido em montão, e forma o que os mineiros chamam "pochetes". Há algumas que encerram uma fortuna.

No monte Alexandre, o ouro é apanhado mais especialmente nas camadas argilosas e nos interstícios das rochas de ardósia. É o ninho do ouro virgem; muitas vezes o mineiro põe ali a mão nas grandes pechinchas do mineral.

Depois de examinarem os diversos tipos de ouro, os visitantes percorreram o museu mineralógico do Banco. Ali viram, classificados e com rótulos, todos os produtos de que é formado o solo australiano. O ouro não constitui sua única riqueza, e pode, com razão, passar por um vasto cofre, onde a natureza deposita suas jóias mais preciosas. Nas vidraças cintilavam o topázio branco, a granada almandina, o epídoto, espécie de silicato de um belo verde, o rubi palheta, representado por uma variedade cor-de-rosa da maior beleza, safiras azul claro e azul escuro, tais como o coríndon e tão procuradas como as do Malabar ou do Tibete, rutilas brancas, e finalmente um pequeno cristal de diamante que se achou nas margens do Turon. Nada faltava a esta resplandecente coleção de pedras finas, e não era preciso ir buscar longe o ouro para as engastar.

Glenarvan despediu-se do inspetor do Banco, depois de agradecer sua gentileza, e então, recomeçara a visita às minas.

Apesar do seu desapego pelas coisas materiais, Paganel não dava um passo sem esquadrinhar aquele solo opulento. A cada passo, o sábio abaixava-se, apanhava uma pedra, restos de quartzo; examinava-os com atenção e depois os jogava fora com ar de desprezo.

— Perdeu alguma coisa, Paganel? — perguntou o major.

— Certamente sempre perdemos o que não achamos no país do ouro e das pedras preciosas — respondeu Paganel.

— Não acharia ruim levar daqui um bom pedaço de ouro.

— E o que faria com ele? — perguntou Glenarvan.

— Ora, eu o ofereceria ao meu país! Iria depositá-lo no Banco da França...

— Que aceitaria.

— Decerto, sob a forma de obrigações de ferrovia!

Deram os parabéns a Paganel pela maneira que tencionava oferecer "seu ouro" à pátria, e lady Helena fez votos para que ele achasse o maior pedaço do mundo.

Assim brincando, os viajantes percorreram a maior parte dos terrenos explorados, e ao final de duas horas de passeio, Paganel descobriu uma estalagem muito decente, onde resolveu descansar, enquanto não chegava a hora de se dirigirem para a carroça. Lady Helena concordou, e Paganel pediu ao estalajadeiro que servisse alguma bebida própria da terra.

Serviram "nobler", que é simplesmente o grogue, mas o grogue às avessas. Em vez de se jogar um copinho de aguardente num grande copo de água, joga-se um copinho de água num grande copo de aguardente, adoça-se e bebe-se. Era um tanto australiano demais, e para espanto do estalajadeiro, o nobler tornou-se o grogue britânico.

133

Conversaram então sobre minas e mineiros. Paganel, satisfeito com o que acabara de ver, confessou que devia ser mais curioso em outros tempos, durante os primeiros anos da exploração do monte Alexandre.

— A terra estava crivada de buracos, e era invadida por legiões de formigas trabalhadoras, e que formigas! — disse ele. — Todos os emigrantes tinham o ardor desses animais, mas não sua previdência! O ouro ia embora. Bebiam-no, jogavam-no, e a estalagem onde estamos era um "inferno", como se dizia então. A polícia nada podia fazer, e muitas vezes o governador da colônia se viu obrigado a mandar tropas contra os mineiros revoltados. Afinal, conseguiu impor a ordem, um direito de registro a cada explorador. Em todo o caso, as dificuldades aqui foram menores que na Califórnia.

— Então, qualquer um pode exercer o ofício de mineiro? — perguntou lady Helena.

— Sim, milady. Bastam bons braços. Os aventureiros, acossados pela miséria, chegavam às minas sem dinheiro, na maior parte: os ricos com uma enxada, os pobres com uma faca, todos se entregavam ao trabalho com furor. Era singular o aspecto daqueles terrenos auríferos! O solo estava coberto de tendas, choças, barracas de terra, madeira, folhas! No meio, elevava-se a tenda do governo, com o pavilhão britânico, rodeada das barracas riscadas de azul dos seus agentes, e dos estabelecimentos dos cambistas, dos comerciantes de ouro, dos traficantes que especulavam com aquele conjunto de riqueza e pobreza. Aqueles se enriqueceram, com certeza. Era para ver os cavadores de barbas crescidas e camisa de lã vermelha a viverem na água e na lama. O ar tremia com o ruído das enxadas, e corrompiam-no as emanações fétidas provenientes dos cadáveres de animais que apodreciam sobre o solo. Uma poeira sufocante envolvia como numa nuvem aqueles desgraçados. E depois, se todos os aventureiros fossem bem sucedidos! Mas tanta miséria não era compensada, e fôssemos contar, para cada mineiro que enriqueceu, cem, duzentos, mil, talvez, morreram pobres e desesperados.

— Como era extraído o ouro, Paganel? — perguntou Glenarvan.

— Simples — respondeu Paganel. — Os primeiros mineiros procuravam as palhetas. Hoje as companhias procedem de outro modo; procuram a própria origem, o filão que produz as laminazinhas, as palhetas e as areias. Mas os primeiros exploradores contentavam-se com lavar simplesmente as areias. Escavavam o solo, recolhiam as camadas que lhes pareciam produtivas, e tratavam-nas com água para lhes tirarem o precioso mineral. A lavagem fazia-se por meio de um instrumento de origem americana, chamado "craddle", que quer dizer berço. O *craddle* era uma caixa do comprimento de cinco a seis pés, uma espécie de caixão aberto e dividido em dois compartimentos. O primeiro era munido de um crivo grosseiro, sobreposto a outros crivos de malhas mais apertadas; o segundo compartimento estreitava para a parte inferior. Colocava-se a areia numa extremidade do crivo, jogava-se água sobre ela, e com a mão agitava-se, ou antes se embalava o instrumento. As pedras ficavam no primeiro crivo, o mineral e o saibro fino nos outros, conforme a sua grossura, e a terra desfeita na água passava pela extremidade inferior.

— Mas era preciso ter esta máquina! — disse Mangles.

— Compravam-nas dos mineiros enriquecidos ou arruinados, conforme o caso — respondeu Paganel, — ou até passavam sem ela.

— Como a substituíam? — perguntou Mary Grant.

— Por um prato, querida Mary, um simples prato de ferro; peneirava-se a terra como se peneirava o trigo, com a simples diferença que, em vez de grãos de trigo, obtinham-se algumas vezes grãos de ouro. Durante o primeiro ano, mais de um mineiro fez fortuna sem outras despesas. Como vêem, meus amigos, era bom tempo, embora as botas valessem cento e cinqüenta francos o par, e se pagasse por dez *shillings* cada copo de limonada! Os primeiros que chegam levam sempre o melhor. Por toda a parte havia ouro em abundância na superfície do solo; os regatos deslizavam em leito de metal; achava-se ouro até nas ruas de Melbourne; calçavam-nas com ouro em pó. Também, desde 26 de janeiro até 24 de fevereiro de 1852, o precioso metal transportado do monte Alexandre para Melbourne, e escoltado por tropa do governo, elevou-se à enorme soma de oito milhões duzentos e trinta e oito mil setecentos e cinqüenta francos.

— Sabe de alguma fortuna adquirida de súbito? — perguntou lady Helena.

— Algumas, senhora.

— E quais são? — perguntou Glenarvan.

— Em 1852, no distrito de Ballarat, achou-se um pedaço de ouro nativo que pesava quinhentas e setenta e três onças; um outro no Gippsland, de setecentas e oitenta e duas onças; e em 1861, uma barra de oitocentas e trinta e quatro onças. Finalmente, e sempre em Ballarat, um mineiro descobriu um pedaço de mineral que pesava setenta e cinco quilogramas, o que, a mil setecentos e vinte e dois francos a libra, faz duzentos vinte e três mil oitocentos e sessenta francos. Uma enxadada que produz onze mil francos de renda, é uma boa enxadada!

— E em que proporção tem aumentado a produção do ouro desde a descoberta das minas? — perguntou John Mangles.

— Numa proporção imensa, caro John. Esta proporção era apenas de quarenta e sete milhões por ano no começo do século, e atualmente, compreendendo o produto das minas da Europa, da Ásia e da América, está avaliada em novecentos milhões, o que vale quase o mesmo que dizer um bilhão.

— Quer dizer, sr. Paganel — disse o jovem Robert, — neste lugar em que nós estamos, debaixo dos nossos pés, pode ter, talvez, muito ouro?

— Sim, meu rapaz, milhões! Mas, se caminhamos por cima deles, é porque os desprezamos!

15

GAZETA DA AUSTRÁLIA E NOVA ZELÂNDIA

No dia 2 de janeiro, ao romper do sol, os viajantes transpunham o limite das regiões auríferas e as fronteiras do condado de Talbot. Os cavalos começaram a trilhar os poeirentos caminhos do condado de Dalhousie. Horas depois, atravessaram o Colban e os Campaspe-Rivers, por 144° 35' e 144° 45' de longitude. Metade da viagem estava feita. Mais quinze dias de uma travessia tão feliz, e a pequena caravana alcançaria as margens da baía Twofold.

Só uma modificação fora introduzida a partir de Camden-Bridge. Quando a catástrofe criminosa chegou ao conhecimento de Ayrton, ele achou melhor tomar algumas precauções. Os viajantes foram obrigados a não perderem a carroça de vista. Durante as horas de acampamento, um deles tinha de estar sempre de guarda. Um bando de malfeitores infestava o campo, e apesar de não haver motivos para receio imediato, era preciso estar pronto para qualquer acontecimento.

Todas estas precauções foram ocultadas de lady Helena e Mary, a quem Glenarvan não queria assustar.

Havia bons motivos para procederem assim. Qualquer imprudência, qualquer negligência, podia custar caro. Glenarvan não era o único que se preocupava com este estado das coisas. Nos lugarejos isolados, os habitantes acautelavam-se contra qualquer ataque ou surpresa. As casas fechavam-se ao cair da noite. Os cães, à solta nos cerrados, latiam quando sentiam o menor sinal de que alguém se aproximava. Não havia pastor que não levasse uma carabina na sela. A notícia do crime cometido na ponte de Camden motivava este excesso de precauções.

Dois quilômetros além do ponto em que havia atravessado a estrada de Kilmore, a carroça embrenhou-se numa mata de árvores gigantescas, e pela primeira vez, depois de partirem do cabo Bernouilli, os viajantes penetraram numa dessas florestas que cobrem uma superfície de muitos graus.

Soou um grito de admiração à vista dos eucaliptos de sessenta metros de altura, cuja casca esponjosa chegava a medir 12 centímetros de espessura. Os troncos de seis metros de circunferência, sulcados pelas secreções de uma resina odorífera, elevavam-se a quarenta e cinco metros do solo. Nem um ramo, pequeno ou grande, lhe alterava o perfil. Não sairiam mais lisos se tivessem sido feitos por um torneiro. Estas colunas, de igual espessura, se contavam aos centos. A uma altura excessiva expandiam-se em coroas de ramos.

Sob este dossel sempre verde, o ar circulava livremente; uma ventilação incessante aspirava a umidade do solo; os cavalos, as manadas de bois, as carroças podiam passar à vontade entre estas árvores espacejadas. O arvoredo não era muito junto, e nem havia troncos caídos, ou uma rede de cipós, onde só o ferro e o fogo podem abrir caminho aos peões. A floresta australiana não se parece com as florestas do novo mundo, e os eucaliptos, o "Tara" dos aborígines, é a árvore por excelência da flora australiana.

Se a sombra não é densa debaixo daqueles domos de verdura, isso se deve ao fato de que as árvores apresentam uma anomalia curiosa na disposição das folhas. Nenhuma oferece a face ao sol, mas o corte acerado. Nesta singular folhagem o olhar só avista perfis. Por isso os raios do sol chegam até o solo, como se passassem através das frestas de uma persiana.

Todos ficaram surpresos com este fato. Porque tão particular disposição? Esta pergunta era dirigida, naturalmente, a Paganel, e ele tratou de respondê-la, porque nada o embaraçava.

A floresta de eucaliptos.

— O que me admira nisto não é o capricho da natureza, pois ela sabe o que faz — disse ele, — mas os botânicos nem sempre sabem o que dizem. A natureza não se enganou dando a estas árvores a folhagem especial, mas os homens erraram chamando-lhes "eucaliptos".

— O que quer dizer essa palavra? — perguntou Mary Grant.

— Deriva da palavra grega εν χαλνπτω, que significa *cubro bem*. Houve cuidado em cometer o erro em grego, a fim de que fosse menos sensível, mas é evidente que o eucalipto cobre mal.

— Concordo — replicou Glenarvan. Mas agora, nos diga, porque as folhas crescem assim?

— Por uma razão puramente física! Neste país, onde o ar é seco, onde as chuvas são raras, as árvores não têm necessidade de sol nem de vento. Precisam, isso sim, defender-se do dia e preservar-se de uma evaporação demasiada. Eis porque elas se apresentam de perfil, e não de face à ação dos raios do sol. Nada mais inteligente do que uma folha!

— Nem mais egoísta — observou o major. — Só pensaram em si, esquecendo-se dos viajantes!

Todos concordaram com a opinião do major, menos Paganel que, enquanto enxugava o suor, se felicitava por caminhar debaixo de árvores sem sombra. Contudo, era para se lamentar aquela disposição das folhas; a passagem através de florestas assim é demorada e penosa, porque nada protege o viajante dos ardores do sol.

Durante todo o dia, a carroça rodou pelas intermináveis alamedas de eucaliptos. Não encontraram nenhum quadrúpede, nem indígenas. Algumas cacatuas habitavam as árvores; mas, a tamanha altura, apenas se distinguiam, e a sua palrice transformava-se em murmúrio imperceptível. De vez em quando um bando de periquitos atravessava uma alameda distante e animava-a com um rápido raio multicor. Mas predominava um profundo silêncio naquele vasto templo de verdura, e os passos dos cavalos, algumas palavras esparsas numa conversa interrompida, o chiar das rodas, e de tempos em tempos um grito de Ayrton incitando os bois, eram os únicos ruídos que perturbavam as imensas solidões.

À noite acamparam junto de uma árvore em que se viam vestígios de fogueira recente.

Cavadas interiormente em toda a sua altura, os eucaliptos formavam uma espécie de chaminé alta, como as das fábricas. Com o simples revestimento de cortiça que lhes restava, nem por isso faziam pior serviço. Contudo, este mau costume dos indígenas ou pecuaristas há de acabar com tão magníficas árvores, e os eucaliptos da Austrália irão desaparecer como os cedros do Líbano de quatro séculos de velhice, os quais o fogo pernicioso dos acampamentos vai aos poucos destruindo.

Seguindo o conselho de Paganel, Olbinett acendeu a fogueira para o jantar num dos troncos tubulares, obtendo uma importante corrente de ar, e fazendo a fumaça sumir-se na sombria espessura da folhagem.

Durante toda a jornada de 3 de janeiro, a interminável floresta multiplicou as suas avenidas simétricas, parecendo não ter fim. Contudo, pela tarde, as fileiras das árvores rarearam, e alguns quilômetros adiante, numa pequena planície, apareceu um ajuntamento de casas regulares.

— Seymour! — exclamou Paganel. — Eis a última cidade que devemos encontrar antes de deixar a província de Vitória.

— E é importante? — perguntou lady Helena.

— É uma simples paróquia, em caminho de se tornar uma município.

— Acharemos uma hospedagem conveniente? — perguntou Glenarvan.

— Espero que sim — respondeu o geógrafo.

— Entremos na cidade, porque penso que nossas valorosas viajantes irão gostar de descansar uma noite.

141

— Meu querido — respondeu lady Helena, — eu e Mary aceitamos, mas com a condição de que isso não irá causar nenhum atraso.

— Não, querida — replicou Glenarvan, — amanhã, logo ao romper do dia, retomaremos a viagem.

Eram nove horas. A caravana entrou nas largas ruas de Seymour, sob a direção de Paganel, que parecia conhecer sempre perfeitamente o que nunca tinha visto. Guiava-o, porém, o instinto, e chegou direito ao Compbell´s North British Hotel.

Os cavalos e os bois foram levados para a cavalariça, a carroça para a cocheira, e os viajantes foram conduzidos para aposentos sofrivelmente confortáveis. Às dez horas jantaram, sob a aprovação de Olbinett. Paganel, que chegava naquele momento e que percorrera a cidade em companhia de Robert, descreveu as suas impressões noturnas de um modo muito lacônico.

Não vira absolutamente nada.

Contudo, qualquer um menos distraído notaria alguma agitação nas ruas da cidade: tinham-se formado grupos em diversos pontos; conversava-se nas portas da casa; interrogavam-se todos mutuamente com verdadeira inquietação; alguns jornais do dia eram lidos em voz alta, comentados e discutidos. Estes sintomas não poderiam passar desapercebidos ao observador menos atento. Entretanto, Paganel nada suspeitara.

O major, que nem saíra do hotel, conseguiu saber quais os receios que preocupavam, com razão, a pequena cidade. Dez minutos de conversa com o falador Dickson, o dono da hospedagem, bastou para pô-lo ao fato de tudo. Mas não proferiu palavra a tal respeito.

Só quando o jantar terminou, e lady Glenarvan, Mary e Robert se recolheram aos quartos, é que o major informou aos companheiros o que sabia:

— Já sabem quem foram os autores do crime cometido na estrada de ferro de Sandhurst.

— Estão presos? — perguntou Ayrton, com vivacidade.

— Não — respondeu Mac-Nabs, sem parecer notar o interesse do contramestre, interesse muito justificado nestas circunstâncias, aliás.

— Tanto pior — acrescentou Ayrton.

— Mas quem foram? — perguntou Glenarvan.

— Leia — respondeu o major, apresentando a Glenarvan um número da *Gazeta da Austrália e Nova Zelândia*, — e verá que o inspetor da polícia não se enganava.

Glenarvan leu então em voz alta:

"Sydney, 2 de janeiro de 1866. — O público deve se lembrar que na noite de 20 para 30 de dezembro, deu-se um incidente em Camden-Bridge, a oito quilômetros além da estação de Castlemaine, na estrada de ferro de Melbourne a Sandhurst. O expresso das 23 horas e 45 minutos, que vinha a toda velocidade, precipitou-se em Lutton-river.

"A ponte Camden estava aberta quando o comboio passou.

"Numerosos roubos cometidos depois da catástrofe, o achado do cadáver do guarda, a poucos quilômetros de Camden-Brigde, provaram que o acontecimento foi resultado de um crime.

"O inquérito dirigido pelo inspetor de polícia concluiu que o crime deve ser atribuído aos bandidos que, há seis meses, fugiram da penitenciária de Perth, na Austrália ocidental, no momento em que iam ser transferidos para a ilha Norfolk.

"O bando consta de vinte e nove condenados, comandados por Ben Joyce, malfeitor da mais perigosa espécie, que desembarcou há meses na Austrália, não se sabe em qual navio, e que ainda não foi capturado.

"Os habitantes das cidades, os colonos e pecuaristas estão sendo avisados para redobrarem a cautela, e fazerem chegar ao inspetor geral todas as informações que possam auxiliar em suas pesquisas.

"J. P. Mitchell, S. G."

— Está vendo, Paganel! Pode, sim, haver bandidos na Austrália! — disse Mac-Nabs, assim que Glenarvan terminou a leitura do artigo.

— Fugidos, é claro que sim! — replicou Paganel. — Mas regularmente admitidos, não. Essa classe de gente não tem o direito de estar aqui.

— Em todo o caso estão aqui — replicou Glenarvan, — mas não me parece que a sua presença possa modificar os nossos projetos e suspender a nossa viagem. Qual é a sua opinião a este respeito, John?

John Mangles não respondeu logo; hesitava entre o pesar que havia de causar nos dois jovens se abandonassem as pesquisas começadas e o receio de comprometer a expedição.

— Se lady Glenarvan e a srta. Grant não estivessem conosco, não me importaria com este bando de miseráveis.

— Nem preciso dizer que não se trata de desistir de cumprirmos nossa tarefa, mas talvez fosse mais prudente, por causa das senhoras, alcançar o *Duncan* em Melbourne, e ir retomar a leste o rasto de Harry Grant. O que acha, Mac-Nabs — disse Glenarvan, compreendendo e concordando com o que Mangles havia dito.

— Gostaria de saber a opinião de Ayrton primeiro — respondeu o major.

— Estamos a trezentos quilômetros de Melbourne. Se o perigo existe, é tão grande na direção sul, quanto na leste. Ambos são pouco freqüentados, equivalem-se. Além disso, não acho que uns trinta malfeitores seja coisa para assustar oito homens resolutos e bem armados. Portanto, salvo opinião melhor, seguiria adiante — respondeu Ayrton.

— Muito bem, Ayrton — replicou Paganel. — Continuando em frente, podemos encontrar vestígios do capitão Grant. Voltando para o sul, estaremos indo na direção contrária. Penso como o senhor, e não receio em nada esses foragidos de Perth!

Assim, a proposta de não se alterar o roteiro da viagem foi aceita por unanimidade.

— Uma observação apenas, milorde — disse Ayrton, no momento em que iam se separar. — Não seria oportuno enviar ao *Duncan* ordem de se aproximar da costa?

— Para que? — perguntou Mangles. — Quando chegarmos à baía Twofold, será tempo de expedir esta ordem. Se algum acontecimento imprevisto nos obrigasse a dirigir-nos a Melbourne, poderíamos ter motivo para lastimar a ausência do *Duncan* neste ponto. Além disso, suas avarias não devem ainda ter sido reparadas. Acho que vale mais esperar.

— Muito bem! — respondeu Ayrton, sem insistir.

No dia seguinte, a pequena caravana, armada e pronta para o que sucedesse, partiu de Seymour. Meia hora depois, tornava a meter-se na floresta de eucaliptos, que novamente aparecia a leste. Glenarvan preferiria viajar em campo descoberto. Uma planície é menos sujeita a emboscadas e ciladas do que um bosque espesso. Mas a escolha não era possível, e a carroça rodou todo o dia em meio da monotonia das grandes árvores. À noite, depois de ter costeado a fronteira setentrional do condado de Anglesey, transpôs o meridiano cento e quarenta e seis, e os viajantes acamparam no limite do distrito de Murray.

16
ONDE O MAJOR SUSTENTA QUE SÃO MACACOS O QUE VÊ

No dia seguinte pela manhã, 5 de janeiro, os viajantes pisavam o vasto território de Murray. Este distrito, vago e desabitado, estende-se até à barreira dos Alpes australianos. A civilização ainda não o retalhou em condados distintos. É a porção pouco conhecida e freqüentada da província.

O conjunto destes terrenos tem o significativo nome de "Reserva para os Negros", nos mapas ingleses. Foi para ali que os colonos repeliram brutalmente os indígenas. Deixaram-lhes as planícies distantes, debaixo dos bosques inacessíveis, alguns lugares determinados, onde a raça aborígine há de acabar por se extinguir. Todo homem branco pode transpor os limites das reservas. O negro nunca deve sair de lá.

Enquanto cavalgava, Paganel tratava da grave questão das raças indígenas. Todos concordaram que o sistema britânico levava ao aniquilamento das tribos conquistadas, ao seu desaparecimento das regiões onde viviam os seus antepassados. Essa funesta tendência revelou-se por toda a parte, e na Austrália mais do que em qualquer outra. Nos primeiros tempos da colônia, os deportados, os próprios colonos, consideravam os negros como animais selvagens. Acossavam-nos e matavam-nos a tiro. Procediam deste modo cruel e invocavam a autoridade dos jurisconsultos para provar que o australiano estava fora da lei natural, e que, por conseguinte a matança daqueles infelizes não constituía crime. Os jornais de Sidney chegaram a propor um meio eficaz de se desembaraçarem das tribos do lago Hunter: envenená-las em massa.

Como se vê, os ingleses, no começo da conquista, chamaram o assassinato em auxilio da colonização. Foram atrozes as suas crueldades. Procederam na Austrália como nas Índias, onde cinco milhões de índios desapareceram; como no Cabo, onde uma população de um milhão de indianos ficou reduzida a cem mil. Por isso também, a população aborígine, dizimada pelos maus tratos e pelo vício da embriaguês, tende a desaparecer do continente diante de uma civilização homicida. É verdade que certos governadores tinham publicado decretos contra estes abusos! Puniam com algumas chicotadas o branco que cortava o nariz ou as orelhas a um negro, ou lhe decepava o dedo mínimo. Inúteis ameaças! Os assassinatos organizaram-se em vasta escala, tribos inteiras desapareceram. Para citar um exemplo: a ilha de Van-Diemen, que no princípio deste século contava cinco mil indígenas, em 1863 tinha os seus habitantes reduzidos a sete! E nos últimos tempos o *Mercúrio* pôde dar a notícia de que chegara o último habitante da Tasmânia a Hobart-Town.

Glenarvan, o major e John Mangles não contradisseram Paganel. Ingleses que eles fossem, não defenderiam os seus compatriotas. Os fatos eram evidentes, incontestáveis.

— Há cinqüenta anos — acrescentou Paganel, — teríamos já encontrado pelo caminho algumas tribos de selvagens, e até agora ainda nenhum indígena nos apareceu. Dentro de um século este continente estará completamente despovoado.

De fato, a reserva parecia completamente abandonada. Não se via vestígios de acampamentos. As planícies e as extensas florestas sucediam-se, e pouco a pouco o país ia adquirindo aspecto selvagem. Parecia que nem mesmo os animais selvagens freqüentavam aquelas regiões remotas, quando Robert, parado diante de um eucalipto, gritou:

— Um macaco! Um macaco!

E apontava um grande corpo negro que, passando de galho em galho com grande agilidade, passava de uma árvore para outra. Naquele estranho país, os macacos voariam?

A carroça parou, e cada qual seguia com a vista o animal, que dali a pouco desapareceu no alto do eucalipto. Dali a pouco viram-no descer com a rapidez do relâmpago, correr sobre o solo fazendo contorções e dando saltos, e depois se agarrar com os compridos braços ao tronco liso de uma enorme gomeira. Todos se perguntavam como é que ele iria subir naquela arvore reta e escorregadia, que não podia nem abraçar. Mas o macaco, batendo no tronco com uma espécie de acha, fez pequenos talhos, e assim subiu até o ponto onde a gomeira se dividia em ramos, desaparecendo entre a folhagem em poucos segundos.

— Que macaco é aquele? — perguntou o major.

— Aquele macaco, é um australiano de raça pura! — respondeu Paganel.

Os companheiros do geógrafo nem tiveram tempo de responder, quando alguns gritos se ouviram a pouca distância. Ayrton incitou os bois, e cem passos mais adiante, os viajantes acharam-se diante de um acampamento indígena.

Que espetáculo triste! Sobre o solo árido e nu estavam umas dez barracas, feitas de pedaços de cortiça, sobrepostas como telhas, e que só protegiam de um lado os seus miseráveis habitantes. Vivendo na miséria, aqueles homens, cerca de trinta homens, mulheres e crianças, vestiam-se com peles de cangurus esburacadas, como andrajos. Quando a carroça se aproximou, a primeira reação daquela gente foi fugir. Mas algumas palavras ditas por Ayrton, na sua língua, pareceu tranqüilizá-los. Voltaram, então, meio desconfiados, meio receosos.

Estes indígenas, de cerca de um metro e setenta, tinha cor fuliginosa, não negra, mas com o tom de ferrugem velha, cabelos em flocos, brancos, compridos, abdômen proeminente, e corpo cabeludo e cheio de cicatrizes causadas pelas pinturas próprias dos selvagens ou pelas incisões das cerimônias fúnebres. Nada tão horrível como aquelas criaturas de figura monstruosa, boca enorme, nariz chato e dilatado sobre as faces. Nunca seres humanos tinham apresentado tão completamente o tipo de animalidade.

— Robert tem razão — disse o major, — são macacos, de raça pura, se quiserem, mas são macacos!

— Mac-Nabs, — replicou lady Helena, brandamente, — concorda então com os que os designam como animais ferozes? Aqueles pobres entes são homens!

— Homens! — exclamou Mac-Nabs. — Ora, quando muito, criaturas intermediárias entre o homem e o orangotango. E se medíssemos o seu ângulo facial, o descobriríamos tão fechado quanto o do macaco!

Sob este ponto de vista, Mac-Nabs tinha razão; o ângulo facial do indígena australiano é muito agudo, e igual ao do orangotango, tendo sessenta e dois graus. Por isso, não foi sem razão que o sr. de Rienzi propôs que classificassem aqueles infelizes numa raça à parte, chamada de "fitécomorfos", isto é, homem com forma de macaco.

Mas lady Helena tinha ainda mais razão que Mac-Nabs, considerando como entes dotados de alma aqueles indígenas. Entre o bruto e o australiano existe o abismo que não se pode transpor e que separa os gêneros. Com muita razão disse Pascal que o homem em parte alguma é bruto. É verdade que ajunta, não menos judiciosamente: "nem anjo tão pouco".

Mas lady Helena e Mary Grant desmentiam a última parte da proposição do grande pensador. As duas caridosas jovens tinham descido da carroça, e estendiam a mão caridosa para aquelas pobres criaturas, ofereciam-lhes alimentos para os quais avançavam com repugnante glutoneria. Os indígenas deviam tomar lady Helena por uma divindade, porque, segundo sua religião, os brancos são antigos negros, que embranqueceram depois da morte.

Fora principalmente as mulheres que provocaram a piedade das viajantes. Não há nada comparável à sorte da mulher da Austrália; a natureza, madrasta, recusou-lhe o menor encanto; é uma escrava, raptada com brutalidade, que não teve outro presente de noivado senão pancadas de "waddie", espécie de bordão preso ao pulso do seu senhor. A partir daquele momento, fulminada por uma velhice precoce, é sobrecarregada com todos os penosos trabalhos da vida errante, trazendo junto com os filhos, embrulhados numa esteira de junco, os instrumentos de pesca e caça, além do material com que fabrica redes. Tem obrigação de obter víveres para a família; caça os lagartos e serpentes, e só come depois do seu senhor, os restos repugnantes que ele deixa.

Naquele momento, algumas das infelizes, privadas de alimentos há talvez muito tempo, procuravam atrair os pássaros, oferecendo-lhes grãos. Estavam estendidas sobre o solo ardente, imóveis, como mortas, e esperavam assim muitas horas até que algum ingênuo pássaro lhes chegasse ao alcance.

Os indígenas, abrandados pelos agrados dos viajantes, rodeavam-nos, e então foi preciso cautela contra os seus instintos rapinantes. Falavam um idioma sibilante, produzido por estalos de língua. Pareciam gritos dos animais. Contudo, a sua voz tinha inflexões carinhosas e doces; a palavra "noki, noki" era muitas vezes repetidas, e os gestos tornavam-na suficientemente compreensível. Era o "dê-me! dê-me!" que se referia aos menores objetos dos viajantes. O sr. Olbinett teve dificuldade para defender o compartimento das bagagens, e principalmente os víveres da expedição. Os pobres famintos deitavam para a carroça um olhar assustador, e mostravam os agudos dentes que talvez já tivessem experimentado carne humana. A maior parte das tribos australianas não são antropófagas em tempos de paz; mas há poucos selvagens que hesitem em devorar a carne de um inimigo vencido.

Cedendo aos pedidos de Helena, Glenarvan deu ordem para se distribuírem alguns alimentos. Os indígenas compreenderam isto, e entregaram-se a demonstrações capazes de comover o coração mais insensível. Soltaram também rugidos semelhantes aos dos animais ferozes, quando o guarda lhes traz a refeição do dia. Ainda que não se devesse dar razão ao major, não se podia negar que aquela raça tinha um quê de animalidade.

O sr. Olbinett, como um cavalheiro, serviu primeiro as damas. Mas as infelizes não se atreviam a comer antes dos seus temíveis senhores, que se lançaram avidamente sobre a comida.

Mary Grant, lembrando-se de que talvez seu pai fosse prisioneiro de indígenas tão rudes, ficou com os olhos rasos de água. Pensava em tudo quanto devia sofrer um homem como Harry Grant, escravo daquelas tribos errantes, sujeito à fome, à miséria, aos maus tratos. Mangles, que observava atentamente a jovem, adivinhou-lhe os pensamentos, e tratou de interrogar o contramestre da *Britannia*.

— Ayrton, foi de selvagens assim que conseguiu escapar?

— Foi — respondeu Ayrton. — Todos os povos do interior se parecem. Com a diferença de que aqui está vendo só um punhado desses pobres diabos, enquanto nas margens do Darling existem tribos numerosas, comandadas por chefes temíveis.

— Mas, o que pode fazer um europeu no meio desta gente? — perguntou Mangles.

— O que eu fazia — respondeu Ayrton, — caçar, pescar, tomar parte em seus combates. Como já lhes disse, somos tratados conforme os serviços que prestamos, e por menos inteligente e bravo que seja, pode-se adquirir posição importante na tribo.

— Mas, então, está livre? — perguntou Mary.

— Somos vigiados, de modo que não se possa dar um passo de dia ou de noite, sem que eles saibam — acrescentou Ayrton.

— Contudo, o senhor conseguiu escapar — disse o major.

— Sim, major, graças ao combate entre a minha tribo e uma povoação vizinha. Saí-me bem. Mas se tivesse de tentar novamente, iria preferir a escravidão eterna aos tormentos que passei quando atravessei os desertos do interior. Que Deus livre o capitão Grant de tentar semelhante meio de salvação!

— Certamente devemos desejar que seu pai seja prisioneiro de uma tribo — replicou Mangles. — Vai ser mais fácil

151

encontrar seus vestígios do que se vagueasse pelas florestas do continente.

— Continua a ter esperanças? — perguntou a jovem.

— Sim, e espero vê-la feliz um dia, com a ajuda de Deus!

Mary agradeceu ao jovem capitão, com os olhos úmidos de lágrimas.

Durante esta conversa, um extraordinário movimento dera-se entre os selvagens; soltavam gritos estrondosos, corriam em diversas direções, pegavam as armas, parecendo tomados de um violento furor.

Glenarvan não sabia o que acontecia, e o major interpelou Ayrton:

— Já que viveu durante muito tempo entre os australianos, sabe a língua deles, não?

— Um pouco — respondeu o contramestre, — porque são tantas as tribos, e tantos dialetos. Mas, ao que parece, em sinal de reconhecimento, estes selvagens pretendem mostrar o simulacro de um combate.

Era esta, realmente, a causa da agitação. E os indígenas atacaram-se com um furor tão verdadeiro, que se Glenarvan e os seus não estivessem prevenidos, teriam tomado a sério aquela pequena guerra.

Os seus instrumentos de ataque e defesa consistiam num cassetete, espécie de massa de madeira que dá cabo dos crânios mais duros, e uma espécie de machadinha de pedra aguçada muito dura, firmada entre dois paus por meio de uma goma aderente. Este machado tem um cabo do comprimento de trinta centímetros. É um instrumento de guerra, e um útil instrumento de paz, que serve para cortar cabeças ou ramos, para golpear corpos ou árvores, conforme o caso pede.

Estas armas moviam-se agitadas por mãos frenéticas, em meio ao estrondo das vociferações; os combatentes lançavam-se uns aos outros; uns caíam como mortos, outros soltavam o grito de vencedor. As mulheres, as velhas principalmente, excitavam-nos ao combate, precipitavam-se sobre os falsos cadáveres, e fingiam que os mutilavam com um furor que, real, não seria mais horrível. Lady Helena receava, a cada instante, que a demonstração degenerasse em batalha. Além disso, as crianças que tomavam parte da simulação não se prendiam a considerações, avançando uns contra os outros com fúria.

Durava já dez minutos este combate simulado, quando de repente os combatentes pararam. As armas caíram-lhes das mãos, e ao tumulto sucedeu profundo silêncio. Os indígenas permaneceram imóveis, e dir-se-ia que estavam petrificados.

Os viajantes logo souberam a causa desta mudança súbita. Um bando de cacatuas aparecera, e a caça, mais útil que a guerra, ia iniciar-se.

Um dos indígenas, pegando um instrumento pintado de vermelho, de feitio particular, destacou-se de seus companheiros, sempre imóveis, e dirigiu-se por entre as árvore para o lado das cacatuas. Ia engatinhando, sem fazer ruído algum, como uma sombra que deslizasse.

Chegando a uma distância conveniente, o selvagem arremessou o instrumento em linha horizontal, um metro acima do solo. A arma percorreu um espaço de quase doze metros; depois, subitamente, sem tocar no solo, elevou-se, descrevendo um ângulo reto, subiu à altura de uns trinta metros, feriu mortalmente uma dúzia de pássaros, e descrevendo uma parábola, tornou a cair aos pés do caçador.

Os viajantes, estupefatos, custavam a crer no que tinham presenciado.

— É um bumerangue.

— O bumerangue australiano! — exclamou Paganel, e como uma criança, foi apanhar o maravilhoso instrumento, "para ver o que tinha dentro".

O bumerangue consistia, simplesmente, num pedaço de madeira dura e recurva, do comprimento de 80 a noventa centímetros. No meio, a sua espessura era de dez centímetros, e extremidades terminavam em pontas agudas. A parte côncava era cavada numa profundidade de seis linhas, e na parte convexa apresentava dois bordos muito afilados. Era tão simples quanto incompreensível.

— Este é o famoso bumerangue! — disse Paganel, depois de examinar atentamente o objeto. — Um pedaço de madeira, e mais nada. Por que é que, em certo ponto da sua carreira horizontal, sobe aos ares para voltar depois à mão que o arremessa? Os sábios e viajantes nunca puderam dar a explicação deste fenômeno.

— Não será um efeito semelhante ao de um arco que, lançado de certa maneira, volta ao ponto de partida? — disse Mangles.

— Ou, talvez, um efeito semelhante ao de uma bola de bilhar que levou uma pancada em certo ponto? — acrescentou Glenarvan.

— Não pode ser — replicou Paganel. — Nestes casos, há um ponto de apoio que determina a reação: para o arco é o solo, para a bola a mesa de bilhar. Mas aqui o ponto de apoio falta, o instrumento não toca na terra e, contudo, torna a subir a altura considerável!

— Então, como explicar o fato? — perguntou lady Helena.

— Não o explico, senhora, somente o verifico; o efeito depende evidentemente da maneira como o bumerangue é lançado, e da sua conformação particular. Mas quanto à maneira de se lançar, é segredo dos australianos!

— Em todo caso, é bem engenhoso... para macacos! — acrescentou lady Helena, provocando o major, que abanou a cabeça como quem não está convencido.

Glenarvan achou que não deviam demorar mais, e tratou de pedir a todos que montassem em seus cavalos, quando apareceu um selvagem, correndo a toda velocidade, e proferindo algumas palavras com extraordinária animação.

— Ah! — exclamou Ayrton. — Avistaram casuares!

— Precisamos ver isto! — exclamou Paganel. — Deve ser curioso! Talvez usem novamente o bumerangue!

— O que acha, Ayrton? — perguntou Glenarvan.

— Não irá demorar muito, milorde — replicou Ayrton.

Os indígenas não tinham perdido tempo. É para eles sorte grande apanharem casuares. A tribo tem víveres certos para alguns dias. Por isso, os caçadores empregam toda a sua habilidade em se apoderar de semelhante presa. Mas, como é que sem espingardas conseguem matar, e sem cães conseguem apanhar um animal tão ágil! Eis o ponto mais interessante do espetáculo.

O casuar, chamado "moureuk" pelos naturais, é um animal que principia a tornar-se raro nas planícies da Austrália. Esta grande ave, da altura de quase um metro, tem uma carne branca que lembra muito a do peru, traz na cabeça uma chapa córnea, os olhos são castanho claro, o bico negro e curvo de cima para baixo; tem os pés armados de grandes unhas; as asas, verdadeiros cotos, não podem servir-lhe para voar, e as penas, para não dizer o pêlo, é mais carregado no pescoço do que no peito. Mas se não voa, corre, e seria capaz de competir na carreira com o cavalo mais ligeiro. Só pode ser apanhado por astúcia, e, ainda assim, é preciso que o caçador seja muito astucioso.

Foi por isso que ao chamamento do indígena, uns dez australianos se colocaram na linha de atiradores. Era numa admirável planície onde o anil crescia sem cultura e azulava o solo com as suas flores. Os viajantes pararam na entrada de um bosque de mimosas.

Quando os indígenas chegaram, uma meia dúzia de casuares fugiram e foram pousar a poucos metros de distância. O caçador da tribo, depois de lhes reconhecer a posição, fez sinal aos companheiros para pararem. Estes se estenderam então no solo, enquanto ele, tirando da rede duas peles de casuar costuradas habilmente, pôs-se a imitar o casuar que procura o alimento.

O indígena dirigiu-se para o rebanho; ora parava fingindo apanhar alguns grãos, ora escavava o solo com os pés e se envolvia numa nuvem de poeira. Era perfeita toda esta manobra. Nada mais fiel do que a reprodução dos movimentos do casuar. O caçador soltava surdos grunhidos com os quais o próprio pássaro se podia enganar. Foi o que sucedeu. O selvagem achou-se no meio do bando descuidado. De repente o seu braço brandiu a maça, e de seis casuares, cinco caíram-lhe ao lado.

O caçador fora bem sucedido, estava acabada a caçada. Os viajantes, então, despediram-se dos indígenas. Os selvagens demonstraram pouco pesar pela separação. Talvez o êxito da caçada os fizesse esquecer a fome. Não sentiam sequer a gratidão do estômago, mais viva que a do coração, nos naturais incultos e nos brutos.

Fosse o que fosse, não se podia deixar de admirar sua inteligência e habilidade.

— Meu caro Mac-Nabs — disse lady Helena, — terá que admitir, de bom grado, que os australianos não são macacos!

— Por eles imitarem fielmente os movimentos de um animal? — replicou o major. — Pelo contrário, isso justifica minha tese.

— Isso não é resposta — disse lady Helena. — Major, quero que o senhor retifique sua opinião!

— Muito bem, prima, sim, ou antes, não. Os australianos não são macacos. Os macacos é que são australianos.

— O que está dizendo?

— Lembre-se do que os negros dizem a respeito da interessante raça dos orangotangos. Dizem que os macacos são negros como eles, porém, mais espertos, já que os orangotangos não falam, para não terem que trabalhar.

17
OS CRIADORES MILIONÁRIOS

Depois de uma noite tranqüila, os viajantes, no dia 6 de janeiro, às sete da manhã, continuaram a atravessar o vasto distrito. Marchavam sempre na direção do nascente, e os vestígios dos seus passos traçavam na planície uma linha rigorosamente reta. Por duas vezes cortaram o rasto de pecuaristas que se dirigiam para o norte, e os diversos vestígios teriam se confundido, se o cavalo de Glenarvan não deixasse na terra a marca de Black-Point, que se podia reconhecer pelo desenho das duas folhas de trevo.

A planície era sulcada por caprichosos regatos, cujas águas eram mais temporárias que permanentes. Nasciam nas vertentes do "Bufalo-ranges", cordilheiras formadas de montanhas medíocres, cuja linha pitoresca ondulava no horizonte.

Resolveram acampar ali, e após uma jornada de sessenta quilômetros, os bois chegaram ao seu destino um pouco cansados. Armou-se uma barraca debaixo de grandes árvores; a noite caíra e o jantar foi rápido. Depois de uma marcha daquela, todos queriam mais dormir do que comer.

Paganel era o primeiro sentinela da noite. Ele não se deitou, e com a carabina no ombro, vigiou o acampamento, caminhando a passos largos para melhor resistir ao sono.

Apesar da ausência da lua, a noite estava quase luminosa, graças ao céu estrelado. O sábio entretinha-se em admirar as estrelas, e o profundo silêncio da natureza adormecida só era interrompido pelo ruído das patas dos cavalos, escavando o chão.

Paganel estava absorto em suas meditações astronômicas, quando um som distante chamou sua atenção. Pôs-se na escuta, e para seu grande espanto, pareceu reconhecer o som de um piano; alguns acordes, enviavam-lhe a trêmula sonoridade. Não havia dúvidas!

— Um piano no deserto! — disse Paganel. — Isso é algo que nunca pensei!

Era, realmente, surpreendente, e Paganel achou que talvez algum pássaro cantasse desta forma, assim como alguns cantam como um relógio.

Mas, naquele momento, uma voz de timbre muito puro elevou-se nos ares. O pianista era reforçado por um cantor. Paganel escutou, sem querer dar-se por vencido. Contudo, instantes depois, foi obrigado a reconhecer a ária que escutava: era o *Il mio tesouro tanto*, do D. João.

— Ora esta! — pensou o geógrafo. — Por mais esquisitos que sejam os pássaros australianos, e mesmo que aqui houvesse os papagaios mais musicais do mundo, eles não poderiam cantar Mozart!

E escutou até o fim aquela sublime música. O efeito daquela suave melodia, numa noite tão límpida, era indescritível. Paganel ficou muito tempo entregue àquele inexprimível encanto. Afinal, a voz calou-se, e tudo recaiu em silêncio.

Quando Wilson veio render Paganel, encontrou-o mergulhado em profunda meditação. Paganel nada disse ao marinheiro; achou melhor guardar esta informação para Glenarvan no dia seguinte, e foi deitar-se na barraca.

No outro dia, a caravana despertou com inesperados latidos. Dois magníficos cães pointer pulavam à entrada do bosque. Quando os viajantes se aproximaram, meteram-se por entre as árvores, latindo com mais força.

— Haverá algum estabelecimento neste deserto — disse Glenarvan, — e teremos caçador por aqui, já que vimos cães de caça?

Paganel ia abrir a boca, para contar sobre o fato da noite passada, quando apareceram dois rapazes, montados em cavalos de raça de grande beleza. Os recém-chegados tinham aparência de verdadeiros caçadores.

Os dois cavalheiros, vestidos com elegantes trajes de caça, pararam à frente do pequeno bando, acampados como ciganos. Pareciam perguntar a si mesmos o que significava a presença daquela gente armada, naquele local, quando avistaram as viajantes, que desciam da carroça. Então apearam, e dirigiram-se à elas, com o chapéu nas mãos.

Lorde Glenarvan dirigiu-se ao encontro dos desconhecidos, e na qualidade de estrangeiro, declarou seu nome e posição. Os jovens inclinaram-se, e o mais velho deles disse:

— Milorde, quer dar-nos a honra de descansar em nossa casa?

— Senhores?... — perguntou lorde Glenarvan.

— Miguel e Sandy Patterson, proprietários de Hottanstation. Já estão nas terras do nosso estabelecimento, e não precisaram andar nem um quilômetro.

— Senhores — replicou Glenarvan, — não gostaria de abusar de uma hospitalidade tão gentilmente oferecida...

— Milorde — tornou Miguel Patterson, — ao aceitar nosso oferecimento, obsequia uns pobres exilados, que ficarão muito felizes em fazer as honras do deserto.

Glenarvan aceitou o convite.

— Senhor — disse então Paganel, dirigindo-se a Miguel Patterson, — serei indiscreto se lhe perguntar se era o senhor quem cantava ontem à noite uma ária de Mozart?

— Era eu, senhor — respondeu o jovem, — e meu primo Sandy me acompanhava.

— Receba os sinceros comprimentos de um francês, admirador dessa música — replicou Paganel.

Paganel estendeu a mão para o jovem, e cumprimentaram-se com amabilidade. Em seguida, Miguel Patterson apontou para a direita, indicando o caminho a se seguir. Os cavalos ficaram entregues aos cuidados de Ayrton e dos marinheiros, e foi a pé, conversando e admirando o que viam, que os viajantes dirigiram-se a Hottam-station.

Era um estabelecimento magnífico, disposto com a rigorosidade severa dos parques ingleses. Campinas imensas, fechadas por escuras barreiras, estendiam-se a perder de vista. Pastavam ali milhares de bois e carneiros. Numerosos pastores, e ainda mais numerosos cães guardavam o rebanho.

Para leste, o olhar detinha-se na orla de um bosque de gomeiras, que o cume imponente do monte Hottam dominava a dois mil e duzentos metros de altura. Extensas alamedas de árvores verdejantes irradiavam-se em todas as direções. Em diversos pontos avistava-se a cerrada espessura de florestas formadas de "grass-trees", arbustos de 3 metros de altura, semelhantes às palmeiras-anãs. O ar estava carregado com o perfume dos loureiros, cujos ramos de flores brancas rescendiam os mais finos aromas.

Com estas árvores nativas misturavam-se as produções transplantadas dos climas europeus. Pessegueiros, pereiras, macieiras, figueiras e laranjeiras, além do próprio carvalho, foram saudados com exclamações entusiásticas. E se os viajantes não se admiravam muito de caminhar à sombra das árvores do seu país, maravilhavam-se à vista dos pássaros que voavam por entre os galhos, do pássaro-cetim, de penas sedosas, e dos serículos, com sua plumagem metade ouro, metade veludo negro.

Puderam apreciar, pela primeira vez, a "merura". É o pássaro-lira, cuja cauda tem o formato deste instrumento, além de ter um trinado maravilhoso. Paganel tinha desejos de aplaudir o pássaro.

Glenarvan não se fartava de admirar as mágicas maravilhas daquele oásis improvisado no deserto australiano. Escutava a narração dos jovens cavalheiros. Na Inglaterra, em terras civilizadas, o visitante logo teria informado aos seus anfitriões de onde vinha e para onde ia. Mas aqui, por um ato de delicadeza, Miguel e Sandy Patterson julgaram ser seu dever darem-se a conhecer aos viajantes a quem ofereciam hospitalidade, e por isto contaram toda sua história.

Era a de todos os jovens ingleses, industriosos e inteligentes, que só crêem na riqueza fruto do trabalho. Miguel e Sandy Patterson eram filhos de banqueiros de Londres. Quando chegaram aos vinte anos, os pais disseram: "Jovens, aqui têm alguns milhões. Vão para alguma colônia distante; fundem lá um estabelecimento útil, procurem no trabalho o conhecimento da vida. Se vocês se saírem bem, tanto melhor. Se nada conseguirem, pouco importa. Não lastimaremos a perda dos milhões que serviram para os fazer homens". Os dois jovens obedeceram, e escolheram a Austrália, mais precisamente a colônia de Vitória, para espalhar as notas dos bancos paternais, e não tiveram razão para se arrepender. Ao final de três anos, o estabelecimento prosperava.

Contam-se nas províncias de Vitória, de Nova Gales do sul e da Austrália meridional, mais de três mil estações, umas dirigidas por pecuaristas, que criam gado, outras por agricultores. Enquanto os dois ingleses não chegaram, o estabelecimento mais notável deste gênero era o do sr. Jamieson, que ocupava uma superfície de cem quilômetros, com uma orla de vinte e cinco quilômetros no rio Paroo, um dos confluentes do rio Darling.

Por aquela época, a estação de Hottam já lhe era superior em extensão e movimento. Os dois jovens eram, ao mesmo tempo, pecuaristas e agricultores. Administravam com rara habilidade e energia pouco comum, a sua imensa propriedade.

A estação achava-se situada a grande distância das cidades principais, no meio dos desertos pouco freqüentados do Murray. Ocupava um espaço de cerca de 300 quilômetros de extensão, situado entre Bufalo-Range e o monte Hottam. Nos dois ângulos setentrionais deste vasto quadrilátero elevavam-se à esquerda o monte Aberdeen, à direita os cumes de High-Barven. Não lhe faltavam correntes belas e sinuosas, graças aos confluentes do

Oven´s-river, que deságua ao norte no leito do Murray. Por isso, a criação do gado e a cultura do solo eram aí igualmente bem sucedidas. Enquanto muitos animais engordavam nas pastagens, a terra produzia frutos exóticos e colheitas excelentes. Os produtos de Hottam-station obtinham alta cotação nos mercados de Castlemaine e de Melbourne.

Miguel e Sandy Patterson acabavam de dar estas informações à respeito de sua propriedade quando, na extremidade de uma alameda de casuarinas, apareceu a casa.

Era uma construção linda, feita de madeira e tijolos. Tinha a forma de um elegante chalé, e uma varanda, guarnecida de lanternas chinesas, rodeava as paredes mestras do edifício. Em frente das janelas flutuavam toldos multicores. Não se podia imaginar algo mais alegre, mais delicioso para a vista, e ao mesmo tempo, mais confortável. Na grama e entre os arbustos que rodeavam a casa, erguiam-se candelabros de bronze sustentando elegantes lanternas; ao cair da noite, todo o jardim era iluminado.

Não se viam ali cercados, cavalariças ou galpões, nada, em suma, do que indica uma exploração rural. Todas estas dependências — verdadeira aldeia, composta de vinte choupanas e casas, — estavam situadas a meio quilômetro, no fundo de um pequeno vale. Alguns fios elétricos punham a aldeia e a casa dos colonos em comunicação instantânea. Longe de todo o ruído, os dois rapazes pareciam perdidos numa floresta de árvores exóticas.

Os viajantes passaram depressa a alameda das casuarinas; uma pequena ponte de ferro, de construção extremamente elegante, lançada sobre uma corrente murmurante, dava acesso ao jardim reservado. Os viajantes atravessaram a ponte. Um mordomo de aspecto majestoso veio ao encontro dos viajantes; e ao abrirem-se as portas, os hóspedes de Hottam-station penetraram nos suntuosos aposentos.

Todo o luxo da vida artística e elegante se ofereceu a seus olhos. Da antecâmara ornada de objetos de caça e de corridas de cavalos, passava-se para uma grande sala, com cinco janelas. Aí, um piano coberto de partituras, cavaletes ostentando telas esboçadas, e pedestais ornados de estátuas de mármores, quadros da escola flamenga pendurados nas paredes, ricos tapetes, macios como a grama espessa, peças de tapeçaria ornadas de graciosos episódios mitológicos, um lustre antigo suspenso no teto, louças preciosas, mil pequeninas coisas caras e delicadas, que causavam espanto ao serem encontradas numa habitação australiana, revelavam grande gosto pelas artes e pelas comodidades da elegância. Tudo o que podia agradar, tudo o que podia suavizar o enfado de um exílio voluntário, tudo o que podia recordar ao espírito os costumes europeus, mobiliava aquele salão de fadas. Qualquer um tomaria aquela casa como uma vivenda principesca na França ou Inglaterra.

As janelas coavam uma luz do sol já enfraquecida pela penumbra da varanda. Quando lady Helena viu, ficou maravilhada. Daquele lado, a construção dominava um grande vale, que se estendia até ao sopé das montanhas de leste. A série sucessiva de campinas e bosques, as clareiras que se abriam em alguns pontos, o conjunto das colinas graciosamente arredondadas, o relevo do solo acidentado, formavam um espetáculo superior a toda a descrição. Nenhum outro país do mundo lhe podia ser comparado. Aquele vasto panorama, em que se alternavam grandes plainos de luz e de sombra, mudava a cada instante segundo os caprichos do sol. A imaginação não podia conceber coisa superior, e aquele encantador aspecto satisfazia todas as exigências da vista humana.

Por ordem de Sandy Patterson, uma refeição havia sido providenciada, e menos de um quarto de hora depois, os viajantes já estavam sentados a uma mesa suntuosamente servida.

A excelência dos manjares e dos vinhos era indiscutível; mas, o que mais agradava no meio daquele requinte e opulência, era a alegria dos jovens, felizes por estarem recebendo visitas.

Não tardou a que ficassem sabendo do motivo da expedição, e tomassem grande interesse pelas pesquisas de Glenarvan. Deram também esperanças aos filhos do capitão Grant.

— Harry Grant — disse Miguel, — certamente caiu em poder dos indígenas, já que não apareceu nos estabelecimentos da costa. Conhecia com exatidão a posição em que se achava, como o documento prova, e deve ter caído em poder dos selvagens quando chegou em terra, já que não pôde alcançar nenhuma colônia inglesa.

— Foi o que aconteceu ao seu contramestre Ayrton — replicou Mangles.

— Os senhores nunca ouviram falar da catástrofe da *Britannia*? — perguntou lady Helena.

— Nunca, senhora — respondeu Miguel.

— E na sua opinião, de que modo o capitão Grant seria tratado, se caísse em poder dos indígenas?

— Os habitantes australianos não são cruéis, senhora — respondeu o jovem, — e a srta. Grant pode ficar sossegada a tal respeito. Há exemplos freqüentes que atestam a brandura do seu caráter, e alguns europeus viveram entre eles por muito tempo, sem nunca se queixarem de atos de brutalidade.

— King, por exemplo — disse Paganel, — o único que sobreviveu à expedição de Burke.

— E não só este destemido explorador — tornou Sandy, — mas também um soldado inglês, chamado Buckley, que tendo fugido para a costa de Porto-Felipe, em 1803, foi recolhido pelos indígenas, vivendo por trinta e três anos com eles.

— E depois desta época — acrescentou Miguel Patterson, — um dos últimos números do *Australasian* informou-nos de que um tal Morril acaba de ser restituído aos seus compatriotas, após dezesseis anos de escravidão. A história do capitão deve ser a mesma, porque foi também graças a um naufrágio, o do *Péruvienne*, em 1846, que Morril caiu prisioneiro, sendo conduzido ao interior do continente. Portanto, acho que devem ter esperança.

Estas palavras causaram imensa alegria aos viajantes. Depois da refeição, o assunto girou em torno dos bandidos que ameaçavam a região. Os pecuaristas sabiam da catástrofe de Camden-Bridge, mas a presença de um bando de salteadores não lhes causava receio. Aqueles malfeitores não se atreveriam a atacar um estabelecimento que contava com mais de cem homens. Além disso, não era provável que eles se arriscassem por aqueles desertos do Murray, onde nada tinham a fazer. Ayrton também era da mesma opinião.

Lorde Glenarvan não pôde recusar o convite para passarem um dia inteiro na estação de Hottam. Eram doze horas de atraso que se tornariam doze horas de descanso; os bois e cavalos poderiam restaurar suas forças nas excelentes cavalariças do estabelecimento.

Acertado isto, os dois jovens propuseram uma programação aos hóspedes, que foi aprovada com entusiasmo.

Ao meio-dia, sete vigorosos cavalos foram trazidos à porta da casa. Uma elegante e pequena carruagem foi posta à disposição das damas. Os cavaleiros, precedidos por picadores e armados de excelentes espingardas de caça, montaram, enquanto que a matilha de cães pointer ladrava alegremente através do mato.

Durante quatro horas, os viajantes entregaram-se aos prazeres da caça, e mataram certos animais particulares daquele país, e que até então Paganel só conhecia de nome. Tais eram, entre outros, o "wombat" e o "bandicoot".

O "wombat" é um herbívoro que abre tocas à maneira dos texugos; tem o tamanho de um carneiro e sua carne é excelente. O "bandicoot" é uma espécie de marsupial, que poderia dar lições de pilhagem às raposas da Europa. Este animal, de aspecto repugnante, com certa de sessenta centímetros de comprimento, caiu ferido por Paganel, que, por amor-próprio de caçador, o declarou admirável. "Lindo bicho!" dizia ele.

165

Mas de todas estas façanhas, a mais interessante foi, sem dúvida, uma caçada ao canguru. Por volta das quatro horas, os cães fizeram levantar um bando daqueles curiosos marsupiais. Os pequenos recolheram-se rapidamente nas bolsas maternas, e todos fugiram em fileira. Admirável os enormes saltos do canguru, cujas pernas traseiras, duas vezes maiores que as da frente, se estendem como mola.

A caçada prosseguiu por uma extensão de quase dez quilômetros. Os cangurus não se cansam, e os cães receiam, com razão, as suas patas vigorosas, armadas de uma unha aguda, e por isso não se aproximam muito deles. Mas, afinal, exaustos pela carreira, os cangurus pararam um pouco. Foi a deixa para os cães caírem em cima de um deles. Instantes depois, o pobre animal caía ferido.

Mas, só a matilha não daria cabo daqueles potentes marsupiais. Era preciso atirar, já que só as balas poderiam abater o gigantesco animal.

Naquele momento, Robert ia sendo vítima de sua imprudência. Na ânsia de um tiro certeiro, Robert aproximou-se tanto do canguru, que este saltou sobre ele. O jovem caiu, com um grito. Mary, desesperada, estendia as mãos para o irmão, e nenhum caçador se atrevia a atirar no animal, com receio de ferir também o jovem.

De súbito, Mangles, com sua faca em punho, precipitou-se sobre o canguru, arriscando sua vida, e matou o animal. Robert levantou-se então, ileso, e momentos depois estava nos braços da irmã.

— Obrigada, senhor John! — disse Mary, estendendo a mão para o jovem capitão.

— Eu sou responsável por ele — disse Mangles, segurando a mão trêmula da jovem.

Este incidente terminou a caçada. O bando de marsupiais dispersara-se. Eram seis horas, e um magnífico jantar esperava os caçadores. Entre outros manjares, um caldo de

Caça aos cangurus.

cauda de canguru, preparado à moda dos indígenas, foi o grande prato do jantar.

Depois da sobremesa, os convivas passaram ao salão. A noite foi dedicada à musica. Lady Helena era boa pianista, e Miguel e Sandy Patterson cantaram com perfeita graça.

Às onze horas foi servido o chá; feito com aquela perfeição inglesa que nenhum outro povo pode igualar. Mas como Paganel pedisse para provar o chá australiano, foi-lhe servido um licor negro como tinta, um litro de água em que algumas gramas de chá fervera durante quatro horas. Apesar das muitas caretas, Paganel declarou que a bebida era excelente.

À meia-noite, os hóspedes do estabelecimento, conduzidos a aposentos cômodos e frescos, prolongaram em sonhos os prazeres do dia.

No dia seguinte, logo de madrugada, despediram-se dos dois jovens pecuaristas. Trocaram-se muitos agradecimentos e promessas formais de se tornarem a ver em Malcom-Castle. Em seguida, a carroça pôs-se a caminho, deu a volta pela base do monte Hottam, e bem depressa o estabelecimento desapareceu, como visão rápida, aos olhos dos viajantes. Durante mais dez quilômetros, os cavalos pisaram o solo da estação. Só às nove horas passaram além da última pousada, e a caravana se embrenhou através das regiões quase desconhecidas da província de Vitória.

18

OS ALPES AUSTRALIANOS

Uma imensa barreira cortava, a sudoeste, o caminho que a caravana havia de seguir. Era a cordilheira dos Alpes australianos, vasta fortificação cujas muralhas irregulares se estendem pelo espaço de dois mil e quatrocentos quilômetros, a uma altura de mil e duzentos metros de altura.

O céu encoberto só deixava chegar ao solo um calor coado pelas nuvens espessas. A temperatura estava suportável, mas a marcha era difícil, já que o terreno era muito acidentado, e os animais precisavam esforçar-se para subir de modo contínuo. A carroça gemia a cada inesperado choque que Ayrton, apesar de toda sua habilidade, não conseguia evitar. As viajantes se resignavam a estes solavancos alegremente.

Mangles e os dois marinheiros exploravam a estrada com uma dianteira de alguns metros, escolhendo as melhores passagens. Tarefa difícil e muitas vezes perigosa. A miúdo o machado de Wilson tinha de abrir passagem pelo meio de espessas matas de arbustos. O solo úmido e argiloso fugia debaixo dos pés. Algumas vezes grandes pedaços de granito, outras profundos desfiladeiros ou lagoas repentinas, em suma, grande número de obstáculos invisíveis, obrigavam os viajantes a grandes rodeios, que tornavam o caminho ainda mais longo.

Por isso, ao cair da noite, tinham percorrido, quando muito, meio grau. Acamparam junto à base dos Alpes, nas margens do riacho Cobongra, sobre a orla de uma pequena planície coberta de arbustos de um metro de altura, cujas folhas vermelho claro, alegravam a vista.

— Teremos alguma dificuldade para passar — disse Glenarvan, olhando para a cordilheira, cujo contorno se fundia na escuridão da noite. — Alpes! É um nome que faz pensar!

— É preciso dar algum desconto, caro Glenarvan — replicou Paganel. — Não julgue que tem aí uma Suíça a atravessar. Na Austrália há os Grampianos, Pirineus, Alpes, montanhas Azuis, como na Europa e na América, mas em miniatura. O que prova, simplesmente, que a imaginação dos geógrafos não é infinita, e que a língua dos nomes próprios é bem pobre. Os Alpes australianos são montanhas de bolso, que vamos atravessar sem dar conta disso.

— Fale por você! — replicou o major. — Só um distraído é que pode atravessar uma cordilheira sem perceber.

— Distraído! — exclamou Paganel. — Eu já não sou distraído, e invoco o testemunho destas damas. Depois que pus os pés no continente, não cumpri minha promessa? Cometi alguma distração, algum erro que possam me acusar?

— Nenhum, sr. Paganel — disse Mary. — O senhor agora é o mais perfeito dos homens!

— Perfeito demais! — acrescentou lady Helena, rindo. — As suas distrações caíam-lhe bem!

— Não é verdade, milady — replicou Paganel, — que se já não tiver nenhum defeito, torno-me um homem comum? Espero, pois, que dentro em pouco, eu cometa alguma boa distração, da qual riam muito. Quando não me engano, parece que falto à minha vocação.

No dia seguinte, 9 de janeiro, apesar das afirmativas do confiante geógrafo, foi com grandes dificuldades que a pequena caravana se embrenhou na passagem dos Alpes. Caminharam ao acaso, internando-se por desfiladeiros estreitos e profundos, que podiam não ter saída.

Ayrton teria se visto em apuros, se depois de uma hora de marcha, uma estalagem, uma miserável venda, na verdade, não aparecesse inesperadamente numa das curvas da montanha.

— Ora, o dono desta taberna não deve fazer muito dinheiro num lugar assim! — exclamou Paganel. — Para que colocar uma taberna aqui?

— Para nos informar a respeito do caminho! — respondeu lorde Glenarvan.

E, seguido de Ayrton, entrou na estalagem. O dono do *Bush-In* — como dizia a tabuleta — era um homem grosseiro, de fisionomia desagradável, e que devia ser o principal consumidor da aguardente e do uísque da sua taberna. Usualmente, só via alguns pecuaristas e seus acompanhantes.

Respondeu às perguntas de má vontade, mas suas respostas foram suficientes para dar certeza a Ayrton do caminho que devia tomar. Glenarvan gratificou o estalajadeiro, e já ia saindo da taberna, quando um cartaz, colado na parede, lhe chamou a atenção.

Era um cartaz da polícia colonial, anunciando a fuga de prisioneiros de Perth, e colocando a prêmio a cabeça de Ben Joyce. Quem o entregasse, receberia cem libras esterlinas.

— É um miserável bom para se enforcar — disse Glenarvan ao contramestre.

— E melhor ainda para se apanhar! — replicou Ayrton. — Cem libras! Boa soma!

— O taberneiro não me inspira confiança, apesar do cartaz — acrescentou Glenarvan.

— Nem a mim — replicou Ayrton.

Glenarvan e o contramestre dirigiram-se para a carroça, e a caravana dirigiu-se para o ponto onde termina a estrada de Lucknow. Ali começava uma estreita passagem, que subia cortando a montanha obliquamente.

171

Foi uma subida penosa. Por mais de uma vez as viajantes e seus companheiros apearam. Era preciso auxiliar a tração do pesado veículo, e mais de uma vez Ayrton teve de recorrer aos fatigados cavalos.

Fosse pela fadiga prolongada, ou por qualquer outra coisa, um dos cavalos sucumbiu naquele dia. Caiu de repente, sem que nenhum sintoma fizesse pressentir tal acidente. Era o cavalo de Mulrady.

Ayrton examinou o animal, e pareceu não compreender aquela morte instantânea.

— Deve ter arrebentado alguma veia — disse Glenarvan.

— Sem dúvida — replicou Ayrton.

— Pegue o meu cavalo, Mulrady — disse Glenarvan. — Vou juntar-me à lady Helena.

Mulrady obedeceu, e a pequena caravana continuou a fatigante ascensão.

A cordilheira dos Alpes australianos é pouco espessa, e a sua base não tem mais de 14 metros de largura. Portanto, se a passagem escolhida por Ayrton ia dar na vertente oriental, em quarenta e oito horas poderiam transpor aquela elevada barreira. Então, dali até ao mar não haveria nem obstáculos invencíveis, nem caminhos difíceis.

No dia 11, os viajantes chegaram ao ponto mais elevado da passagem, que ficaria a uns três mil metros de altura. Achavam-se então numa chapada, onde a vista alcançava longe. Para o norte, cintilavam as águas serenas do lago Omés, coberto de aves aquáticas, e para além do lago, as vastas planícies do Murray. Ao sul, desdobravam-se as planícies verdejantes do Gippsland, os seus terrenos abundantes em ouro, as suas altas florestas, com a aparência de um país primitivo. Ali, a natureza ainda era senhora de suas produções, da corrente das suas águas e das árvores. Parecia que a cordilheira separava dois países diversos, um dos quais conservava a selvageria primitiva. O sol punha-se naquele momento, e alguns raios, atravessando as nuvens avermelhadas, avivavam as cores naturais do distrito do Murray. O Gippsland, pelo contrário, abrigado por detrás do anteparo das montanhas, sumia-se numa vaga escuridão, e dir-se-ia que a sombra mergulhava em noite precoce toda a região transalpina. Colocado entre duas regiões tão perfeitamente divididas, os espectadores sentiram vivamente o contraste, e certa comoção se apossou deles ao contemplarem aquele país quase desconhecido, que iam atravessar até às fronteiras de Vitória.

Acamparam na chapada, e no dia seguinte começaram a descida, que foi rápida. Uma chuva de granizo de extrema violência surpreendeu os viajantes, obrigando-os a procurar abrigo. Foi preciso esperar o fim da tempestade, sob pena de ser apedrejado. Foi coisa de quase uma hora, e a caravana meteu-se novamente pelos íngremes rochedos, ainda escorregadios da enxurrada produzida pela neve.

À noite, a carroça descia as últimas escarpas dos Alpes, em meio de grandes pinheiros isolados. O caminho ia dar às províncias do Gippsland. A cordilheira alpina acabava de ser transposta, com grande felicidade, e tomaram as costumeiras disposições para o acampamento da tarde.

No dia 12, de madrugada, continuaram a viagem, com ardor redobrado. Todos tinham pressa de chegar ao Oceano Pacífico, ao ponto exato onde a *Britannia* se despedaçara. Só ali poderiam seguir, com eficácia, os vestígios dos náufragos. Por isso, Ayrton insistia com Glenarvan para que este expedisse ordem ao *Duncan* para se aproximar da costa, a fim de ter à sua disposição todos os meios para proceder às pesquisas necessárias. Segundo a opinião do contramestre, era preciso aproveitar a estrada de Lucknow a Melbourne. Mais tarde seria difícil, porque as comunicações com a capital faltariam totalmente.

As recomendações de Ayrton pareciam boas e Paganel aconselhava a acatá-las. Era também de sua opinião que a presença do navio iria ser útil em semelhante circunstância, e acrescentava que, para além do Lucknow, deixaria de ser possível comunicação com Melbourne.

173

Glenarvan estava indeciso, e talvez acatasse as recomendações de Ayrton, se o major não se opusesse com tanto vigor. Demonstrou que a presença de Ayrton era necessária à expedição, que na vizinhança da costa o país seria conhecido dele, que se o acaso lhes mostrasse os vestígios de Harry Grant, o contramestre seria capaz, como nenhum outro, de os seguir, finalmente que só ele poderia indicar o local onde a *Britannia* se perdera.

Mac-Nabs era de opinião que se continuasse a viagem sem mudar o programa primitivo. Mangles o apoiou. O jovem capitão observou que as ordens de lorde Glenarvan chegariam mais facilmente ao *Duncan* se fossem expedidas de Twofold-Bay, do que por intermédio de um passageiro obrigado a percorrer trezentos quilómetros de um país selvagem.

Esta opinião prevaleceu, e concordaram que só quando chegassem a Twofold-Bay se tomaria uma resolução. O major observava Ayrton, que lhe pareceu muito desapontado. Nada disse, porém, guardando suas observações para si próprio.

As planícies que se estendem ao pé dos Alpes australianos eram muito iguais, tendo ligeira inclinação para leste. Grandes agrupamentos de eucaliptos e de mimosas, alteravam-lhe num ou noutro ponto a monótona uniformidade. Alguns riachos sem importância, simples regatos atulhados de juncos e invadidos pelas orquídeas, cortavam muitas vezes o caminho. Por baixo dos pequenos arbustos saltavam os cangurus, mas os caçadores nem pensavam em caçar, e os cavalos dispensavam aquele aumento de fadiga.

Além disso, o calor era sufocante. A atmosfera estava extremamente carregada de eletricidade. Homens e animais sofriam-lhe a influência. O silêncio só era interrompido pelos gritos de Ayrton, que excitava as suas parelhas meio prostradas de fadiga.

Entre meio-dia e duas horas, a caravana atravessou uma curiosa floresta de fetos, que provocaria a admiração de pessoas menos cansadas. Estas arborescências mediam quase três metros de altura. Cavalos e cavaleiros passavam à vontade por debaixo da ramada pendente, e por vezes a espora de um cavaleiro tiniu de encontro ao seu tronco lenhoso. Debaixo destes guarda-sóis imóveis, reinava uma frescura da qual ninguém se queixava. Paganel soltou suspiros de satisfação, fazendo voar bandos de periquitos, gralhando ensurdecedoramente.

Paganel continuava nas suas expansões de alegria, quando seus companheiros o viram vacilar de repente no cavalo e cair. Teria passado mal?

— Paganel! Paganel! O que foi? — exclamou Glenarvan, correndo para ele.

— O que tenho, meu amigo, é que estou sem cavalo — respondeu Paganel, desembaraçando-se dos estribos.

— O que? O seu cavalo?...

— Morto, fulminado, como o de Mulrady!

Glenarvan, Mangles e Wilson examinaram o animal. Paganel estava certo, o animal estava morto.

— Estranho — disse Mangles.

— Muito, muito — murmurou o major.

Este novo acidente preocupou Glenarvan. Naquele deserto, não tinha como arranjar outro cavalo. Ora, se era uma epidemia que estava matando os da expedição, daqui a pouco iriam se ver impossibilitados de continuarem a viagem.

Antes do fim do dia, a palavra "epidemia" pareceu se justificar. O cavalo de Wilson caiu morto, e mais grave ainda, um dos bois também morreu. Os meios de transporte e tração reduziam-se agora a três bois e quatro cavalos.

A situação era grave. Os cavaleiros desmontados poderiam ir a pé. Muitos pecuaristas já o haviam feito através daquelas regiões desertas. Mas se fosse preciso abandonar a carroça, o que seria das viajantes? Elas agüentariam andar os duzentos quilômetros que ainda as separavam de Twofold-Bay?

Mangles e Glenarvan, inquietos, examinaram os cavalos restantes. Talvez pudessem evitar novos acidentes. Feito o exame, não detectaram nenhum sintoma de doença, ou sequer de fraqueza. Os animais gozavam perfeita saúde e suportavam

175

valentemente as fadigas da viagem. Glenarvan teve esperanças de que a singular epidemia não faria mais vítimas.

Esta também foi a opinião de Ayrton, que confessava não compreender estas mortes fulminantes.

Puseram-se a caminho. A carroça servia de descanso para os homens, que nela ficavam alternadamente. À noite, depois de uma marcha de apenas vinte quilômetros, pararam, organizando o acampamento.

A jornada do dia 13 correu bem. Os cavalos e bois passavam bem, e o salão de lady Helena esteve animado, graças ao número de visitas que recebeu. O sr. Olbinett tratou de fazer circular refrescos, já que o calor de trinta graus fazia isso necessário.

Um dia tão bom, parecia dever acabar bem. Tinham andado cerca de trinta quilômetros, e atravessado bem um território bem ondulado e de solo avermelhado. Tudo fazia crer que naquela mesma noite acampariam nas margens do Snowy, rio importante que vai desaguar ao sul de Vitória, no Pacífico. Veio a noite, e um nevoeiro nitidamente delineado no horizonte indicou o curso do Snowy. Graças a um violento esforço dos bois, fizeram-se mais algumas milhas. Numa curva da estrada, por detrás de uma pequena elevação do terreno, surgiam as árvores da floresta. Ayrton dirigiu a junta, já um pouco estafada, através dos troncos perdidos na sombra, e transpunha a beira da floresta, a meio quilômetro de distância do rio, quando a carroça enterrou as rodas, repentinamente, até o eixo.

— Estamos atolados! — gritou Ayrton, tentando fazer os bois, metidos no lodo até o meio das patas, se moverem.

— Vamos acampar aqui — disse Mangles.

Glenarvan concordou. A noite caíra completamente, mas o calor não desaparecera com a luz do dia. Sufocantes vapores pairavam na atmosfera. Alguns relâmpagos iluminavam o horizonte.

Ayrton, com muito custo, conseguiu tirar os bois do lamaçal. Os corajosos animais tinham lama até nos flancos. O contramestre meteu-os num cercado, juntamente com os quatro cavalos, e encarregou-se de tratar dos animais. Ele fazia o serviço com desvelo, e Glenarvan notou que naquela noite ele foi ainda mais cuidadoso, e tratou de agradecê-lo, porque a conservação do gado era de suma importância.

A refeição foi sumária. A fadiga e o calor tiravam o apetite, e os viajantes queriam mais descansar do que se alimentar. Lady Helena e Mary Grant recolheram-se aos seus aposentos logo. Os homens meteram-se, uns na barraca, outros, estenderam-se sobre a grama espessa junto das árvores.

Pouco a pouco, todos adormeceram profundamente. Grossas nuvens invadiam o céu, tornando mais densa a escuridão. Não soprava nem uma aragem, e o silêncio da noite só era interrompido pelo canto do cuco.

Por volta das onze horas, após um sono inquieto e fatigante, o major acordou. Seus olhos, entreabertos, foram feridos por uma luz vaga, que se agitava por debaixo das árvores. Parecia um lençol esbranquiçado, cintilando como a água de um lago, e Mac-Nabs pensou tratar-se dos primeiros clarões de algum incêndio.

Levantou-se e foi para o bosque. Para sua surpresa, viu-se diante de um fenômeno puramente natural. Diante dele estendia-se um imenso campo de cogumelos, que emitiam fosforescências. Como não era egoísta, ia acordar Paganel, para que o sábio apreciasse também o fenômeno, quando um incidente o deteve.

A claridade fosforescente iluminava o bosque em alguns metros de extensão, e Mac-Nabs viu vários vultos passarem pelo extremo da floresta.

Deitando-se no solo, o major procedeu a rigorosa observação, distinguindo muitos homens, que se abaixando e levantando-se alternadamente, pareciam procurar na terra vestígios ainda recentes.

Era preciso saber o que eles queriam, e sem prevenir os companheiros, Mac-Nabs arrastou-se pelo solo, desaparecendo por entre as altas ervas.

19

UM LANCE TEATRAL

A noite foi terrível. Por volta das duas horas, a chuva começou a desabar, verdadeiras torrentes de água que as nuvens descarregaram sobre a terra até o romper do dia. A barraca tornou-se abrigo insuficiente. Glenarvan e os seus companheiros refugiaram-se na carroça. Ninguém dormiu, conversando sobre assuntos diversos. A curta ausência do major não fora notada, e ele também não proferiu uma palavra sequer. O dilúvio não parava. Era para se recear uma cheia do Snowy, o que seria terrível para a carroça, metida no solo lodoso. Por esta razão, Mulrady, Ayrton e Mangles foram várias vezes examinar o nível da corrente, voltando desta diligência sempre encharcados.

Amanheceu, finalmente, e a chuva parou, mas os raios de sol não conseguiram romper o negrume das nuvens. Grandes poças de líquido amarelo, verdadeiros tanques de água turva e lamacenta, cobriam o solo. Do terreno encharcado elevava-se um vapor quente que saturava a atmosfera de umidade.

Glenarvan se lembrou da carroça, que era o essencial, na sua opinião. Examinaram o pesado veículo, que estava atolado numa grande depressão do solo, em meio de um barro extremamente pegajoso. As rodas dianteiras desapareciam quase todas, e as rodas de trás até o eixo. Seria custoso desenterrar aquela pesada máquina, e para isso seria preciso reunir as forças dos homens e dos animais.

— É preciso nos apressarmos — disse Mangles. — Se o barro secar, será mais difícil.

E os homens entraram no bosque onde os animais tinham passado a noite.

Ayrton admirou-se ao não encontrar os cavalos e bois no lugar onde os tinha deixado. Amarrados como estavam, não poderiam ter ido longe.

Procuraram-nos pelo bosque, em vão. Ayrton, surpreendido, dirigiu-se para o lado do Snowy, ornado de magníficas mimosas. O contramestre parecia muito inquieto, e os seus companheiros entreolhavam-se desanimados.

Gastaram uma hora em pesquisas vãs, e Glenarvan ia voltar para a carroça, quando lhe chegou aos ouvidos um relincho, seguido por um mugido.

— Estão lá! — exclamou Mangles, metendo-se por entre arbustos que tinham altura suficiente para ocultar um rebanho.

Glenarvan, Mulrady e Ayrton seguiram-no, e também ficaram estupefatos com o que viram: no chão jaziam dois bois e três cavalos, fulminados como os outros. Os cadáveres estavam já frios, e um bando de corvos os espreitava.

Glenarvan e seus companheiros entreolhavam-se, e Wilson não pôde conter uma praga.

— Não podemos fazer nada! — disse Glenarvan, reprimindo com dificuldade uma explosão de raiva. — Ayrton, leve o boi e o cavalo que restam.

— Se a carroça não estivesse atolado — replicou Mangles, — estes dois animais, fazendo pequenas jornadas, bastariam para nos transportar até à costa. Precisamos, custe o que custar, desenterrar a maldita carroça.

— Vamos tentar — disse Glenarvan. — Vamos voltar para o acampamento. Já devem estar inquietos com nossa demora.

Meia hora depois reuniam-se novamente aos companheiros de jornada.

— Pena que você não precisou ferrar os animais, Ayrton — disse o major.

— Porque? — perguntou Ayrton.

179

— Porque, de todos os cavalos, só o que esteve nas mãos do seu ferrador escapou da morte.

— É verdade! — disse Mangles. — Que estranha coincidência.

— Acaso, nada mais — replicou o contramestre, olhando friamente para o major.

Mac-Nabs mordeu os lábios, como se quisesse conter quaisquer palavras prestes a escapar-lhe. Glenarvan, Mangles e lady Helena pareciam esperar que ele completasse o pensamento, mas o major calou-se, e se dirigiu para a carroça que Ayrton examinava.

— O que ele quis dizer? — perguntou Glenarvan a Mangles.

— Não sei — respondeu o jovem capitão. — Entretanto, o major não é homem para falar sem motivo.

— Não, John — disse lady Helena. — Mac-Nabs deve suspeitar de Ayrton.

— Porque? — retorquiu Glenarvan. — Será que ele acha que Ayrton matou os cavalos e os bois? Mas por que razão?

— Tem razão, meu caro Edward — disse lady Helena. — Além disso, desde o início da viagem, Ayrton tem dado incontáveis provas de dedicação.

— Exato — acudiu Mangles. — Mas, o que significará a observação de Mac-Nabs? Quero tirar minhas dúvidas!

— Acredita que ele está de conluio com os bandidos? — exclamou Paganel, imprudentemente.

— Quais bandidos? — perguntou Mary Grant.

— O senhor Paganel está enganado — retorquiu Mangles, com vivacidade. — Sabe muito bem que não existem bandidos na província de Vitória.

— É verdade! — exclamou Paganel, tentando consertar o malfeito. — Bandidos? Na Austrália. Assim que desembarcam aqui, tornam-se boas pessoas. O clima, srta. Mary, o clima moralizador...

O pobre sábio complicava ainda mais as coisas. Lady Helena o encarava, o que lhe tirava todo o sangue-frio.

— Eu é que merecia ser preso — disse Paganel, em tom lastimoso, quando lady Helena se retirou com a srta. Grant.

— Também acho — retorquiu Glenarvan, seriamente, retirando-se com Mangles.

Ayrton e os dois marinheiros tentavam desatolar a carroça. O boi e o cavalo também eram usados nesta tarefa. Wilson e Mulrady empurravam as rodas, ao mesmo tempo que o contramestre controlava os animais. O pesado veículo não se movia. O barro, já seco, o prendia como cimento.

Mangles mandou molhar o barro, para torná-lo menos resistente, mas foi em vão. A carroça não se moveu. Depois de muito esforço, os viajantes tiveram que desistir de tirar a pesada máquina do lamaçal.

Ayrton ainda insistiu, mas Glenarvan o deteve:

— Basta, basta! Precisamos poupar o boi e o cavalo que nos restam. Se tivermos de continuar a pé, um levará as mulheres, o outro as provisões. São ainda muito úteis. Agora, vamos voltar para o acampamento, estudar qual é a melhor medida a tomarmos.

Instantes depois, os viajantes refaziam as forças com um sofrível almoço, e começaram a discussão. Todos foram convidados a dar o seu parecer.

Trataram, em primeiro lugar, de determinar a posição do acampamento de modo rigoroso. Paganel, incumbido da tarefa, desempenhou-a com exatidão. Segundo o sábio, a expedição encontrava-se no paralelo trinta e sete, por 147° 53' de longitude, na margem do Snowy.

— Qual é a distância exata da costa a Twofold-Bay? — perguntou Glenarvan.

— Dois graus e sete minutos — respondeu Paganel.

— E dois graus e sete minutos são?...

— Cento e vinte quilômetros.

— E Melbourne?...

— A trezentos quilômetros, pelo menos.

— Bem. Determinada assim a nossa posição — disse Glenarvan, — o que convém fazer?

A resposta foi unânime: partir logo em direção ao mar. Lady Helena e Mary Grant comprometiam-se a fazer dez quilômetros por dia. As corajosas mulheres não receavam atravessar a pé, se fosse preciso, a distância do rio Snowy até Twofold-Bay.

— Você é uma valente companheira de viajante, Helena — disse Glenarvan. — Mas, teremos certeza de encontrar na baía os recursos que havemos de precisar quando lá chegarmos?

— Sem dúvida — respondeu Paganel. — Éden é um município antigo. O seu porto deve ter relações freqüentes com Melbourne. Acho que a sessenta quilômetros daqui, na paróquia de Delegete, na fronteira vitoriana, já poderemos nos refazer de mantimentos e encontrar transporte.

— E o *Duncan*? Não é melhor mandá-lo aproximar-se da costa? — perguntou Ayrton.

— O que acha, John? — perguntou Glenarvan.

— Milorde não deve se apressar a tal respeito — respondeu o jovem capitão. — A qualquer momento se poderá mandar ordens para Austin, chamando-o à costa.

— Não há dúvida disso — acrescentou Paganel.

— E dentro de quatro ou cinco dias, estaremos em Éden — observou Mangles.

— Quatro ou cinco dias! — replicou Ayrton, abanando a cabeça. — Ponha quinze ou vinte dias, capitão, se quiser acertar!

— Quinze ou vinte dias para andarmos cento e vinte quilômetros? — exclamou Glenarvan.

— Pelo menos, milorde. Vamos atravessar a parte mais difícil de Vitória, um deserto onde tudo falta. Segundo os pecuaristas, são extensos matagais sem caminhos abertos. Será preciso usarmos os machados para abrirmos passagem.

Ayrton falara em tom firme. Paganel, para quem se dirigiam olhares interrogativos, aprovou com um sinal as palavras do contramestre.

— Admito estas dificuldades — replicou Mangles. — Pois bem! Daqui a quinze dias, mandaremos suas ordens ao *Duncan*.

— Os principais obstáculos não são originados pelas dificuldades do caminho — prosseguiu Ayrton. Será preciso atravessar o Snowy, e teremos que esperar que as águas baixem.

— Esperar? — exclamou o capitão. — Não encontraremos uma passagem?

— Não creio — respondeu Ayrton. — Esta manhã procurei uma passagem, em vão.

— O Snowy é muito largo? — perguntou lady Glenarvan.

— Largo e profundo, senhora — respondeu Ayrton; — da largura de dois quilômetros, com uma corrente impetuosa. Um bom nadador não o atravessaria sem risco.

— Vamos construir uma canoa — exclamou Robert, que não se apertava. — Derrubamos uma árvore, e aí a escavamos, embarcamos, e pronto!

— É mesmo filho do capitão Grant! — redargüiu Paganel.

— E ele tem razão. Parece que seremos obrigados a recorrer a este meio. Acho que não devemos perder mais tempo com discussões estéreis — acudiu Mangles

— O que acha, Ayrton? — perguntou Glenarvan.

— Penso, milorde, que se daqui a um mês, não nos chegar algum socorro, ainda estaremos detidos nas margens do Snowy.

— Tem algum plano melhor? — perguntou John Mangles, com impaciência.

— Sim, se o *Duncan* partir de Melbourne e se aproximar da costa de leste!

— Ah! Sempre o *Duncan*! E porque é que a sua presença na baía nos fornece meios de lá chegarmos?

Antes de responder, o contramestre disse, evasivo:

— Não quero impor minhas opiniões. O que faço é no interesse de todos, e estou pronto a partir logo que milorde der o sinal para o fazermos.

Em seguida cruzou os braços.

— Isso não é resposta, Ayrton — replicou Glenarvan.
— Conte-nos seu plano, para o discutirmos.

Como voz serena e firme, Ayrton então respondeu:

— Proponho que não nos aventuremos para além do Snowy no estado deplorável em que nos achamos. É aqui mesmo que devemos esperar socorro, e esse socorro só pode vir do *Duncan*. Acampemos neste lugar, onde os víveres não nos faltam, e que um de nós leve a Tom Austin a ordem de se aproximar da baía Twofold.

Aquela proposta inesperada foi recebida com admiração, e Mangles não dissimulou sua desaprovação

— Durante este tempo — prosseguiu Ayrton, — ou as águas do Snowy baixam, o que permitirá encontrar uma passagem, ou será necessário recorrer a uma canoa, e teremos tempo de a construir. Eis o meu plano, milorde.

— Ayrton, sua idéia merece ser levada em consideração. O maior inconveniente que acho é causar um atraso, mas em compensação evita sérias fadigas, e talvez até verdadeiros perigos. O que lhes parece este plano, meus amigos? — replicou Glenarvan

— Fale, meu caro Mac-Nabs — disse então lady Helena.
— Desde que a discussão começou, contenta-se com escutar, pouco falando.

— Já que pede a minha opinião, serei franco — replicou o major. — Ayrton falou como homem razoável e prudente, e declaro-me a favor da sua proposta.

Todos estavam longe de esperar esta resposta, porque até ali Mac-Nabs sempre combatera as idéias de Ayrton. O contramestre, também surpreso, relanceou um olhar para o major. Paganel, lady Helena e os marinheiros estavam dispostos a apoiar o projeto do contramestre. Depois de ouvirem as palavras de Mac-Nabs, deixaram de lado a hesitação.

Glenarvan então aprovou o projeto de Ayrton.

— E agora, John — acrescentou, — não acha que a prudência aconselha que procedamos deste modo, e acampemos nas margens do rio, enquanto não chega transporte?

— Sim — respondeu Mangles, — supondo que o nosso mensageiro consiga, o que não nos é possível, passar o Snowy.

Olharam todos para o contramestre, que sorriu como homem muito auto-confiante.

— O mensageiro — disse ele, — não passará o rio.

— Ah! — exclamou Mangles.

— Simplesmente irá pela estrada de Luknow, que o levará direito a Melbourne.

— Quatrocentos quilômetros, que terá de andar a pé! — exclamou o jovem capitão.

— A cavalo! — replicou Ayrton. — Resta um cavalo em bom estado. Serão só quatro dias. Acrescente dois dias para a viagem do *Duncan* à baía, vinte e quatro horas para voltar ao acampamento, e dentro de uma semana o mensageiro estará de volta com os homens da tripulação.

O major aprovava com a cabeça as palavras do contramestre, o que causava admiração a John Mangles. A proposta de Ayrton obtivera todos os votos, e só restava executar aquele plano realmente bem concebido.

— Agora, amigos — disse Glenarvan, — falta-nos somente escolher nosso mensageiro. Terá uma missão difícil e perigosa, não vou esconder. Quem se sacrificará pelos companheiros, levando nossas instruções a Melbourne.

Todos os homens se ofereceram imediatamente, até mesmo Robert. Mangles queria muito que a missão lhe fosse confiada, mas Ayrton interveio:

— Se milorde concordar, serei eu a partir. Estou acostumado a este país. Tenho percorrido muitas regiões mais difíceis. Posso sair-me bem, quando outro ficaria em dificuldades. Reclamo o direito de dirigir-me a Melbourne.

— É um homem inteligente e corajoso, Ayrton. Estou certo que irá sair-se bem — disse Glenarvan.

O contramestre estava mais apto do que qualquer outro para desempenhar tão difícil missão. Todos entenderam isto e concordaram. Mangles apresentou uma última objeção, dizendo que a presença de Ayrton era necessária para se encontrarem os vestígios da *Britannia* ou de Harry Grant. O major, porém, observou que a expedição ficaria acampada nas margens do Snowy até o regresso de Ayrton, que não prosseguiriam sem ele tão importantes pesquisas, e por conseguinte a sua ausência não prejudicaria a expedição

— Parta, Ayrton — disse Glenarvan.— Vá depressa!

Nos olhos do marinheiro brilhou, com a rapidez do relâmpago, uma expressão de contentamento. Voltou o rosto, mas não tão depressa que Mangles não lhe surpreendesse o olhar. Por simples instinto, John desconfiava cada vez mais de Ayrton.

O contramestre tratou de fazer os preparativos da partida, ajudado dos dois marujos, um dos quais se ocupou do cavalo e outro das provisões. Durante este tempo Glenarvan escrevia a carta destinada a Tom Austin.

Ordenava ao imediato do *Duncan* que se dirigisse à baía de Twofold, sem demora. Recomendava-lhe o contramestre como homem em quem podia depositar toda a confiança. Logo que chegasse à costa, Tom Austin devia pôr um destacamento às ordens de Ayrton...

Estava Glenarvan neste ponto da carta, quando MacNabs, que o seguia com o olhar, lhe perguntou num tom estranho, como é que ele escrevia o nome de Ayrton.

— Como se pronuncia, ora essa! — respondeu Glenarvan.

— É um erro — replicou o major tranqüilamente. — Pronuncia-se Ayrton, mas escreve-se Ben Joyce.

20
ALAND ZEALAND

A revelação do nome de Ben Joyce produziu o efeito de um raio. Ayrton levantou-se com violência. Empunhava um revólver, que disparou sobre Glenarvan. Do lado de fora se ouviram tiros de espingarda.

Mangles e os marinheiros, surpreendidos a princípio, quiseram lançar-se sobre Ben Joyce, mas o bandido já tinha desaparecido, reunindo-se ao bando espalhado pela floresta.

A barraca não oferecia abrigo suficiente. Era preciso bater em retirada. Glenarvan, ligeiramente ferido, levantara-se.

— Para a carroça! – bradou Mangles, arrastando consigo lady Helena e Mary Grant.

John, o major, Paganel e os marinheiros pegaram as carabinas, preparando-se para responder aos bandidos. Glenarvan e Robert tinham-se reunido às viajantes, enquanto Olbinett acudia à defesa comum.

Tudo se passara rapidamente. Mangles observava atentamente a entrada do bosque. As detonações tinham parado com a chegada de Ben Joyce, sucedendo-se um profundo silêncio.

O major e Mangles fizeram um reconhecimento. O bosque fora abandonado, e viam-se sinais de passos.

— Os bandidos desapareceram – disse Mangles.

— E isso me inquieta – replicou o major. Preferia vê-los face a face. Mais vale um tigre na planície do que uma serpente sob a relva. Vamos bater o mato em volta da carroça.

Os dois então esquadrinharam os arredores. Desde a borda do bosque até as margens do Snowy, nada encontraram. O bando de Ben Joyce parecia ter fugido como um bando de aves daninhas. O sumiço era demasiado singular para inspirar confiança, e por isto ficaram alerta. A carroça, verdadeira fortaleza atolada, tornou-se o centro do acampamento, e dois homens, rendendo-se de hora em hora, exerceram rigorosa vigilância.

O primeiro cuidado de lady Helena e Mary foi curar a ferida de Glenarvan. No momento em que o marido caiu ferido, lady Helena, aterrada, correra para ele. Depois, sobrepondo-se à sua angústia, a corajosa mulher conduziu Glenarvan para a carroça. Despiram o ombro do ferido, e o major conferiu que a bala, passando de raspão, não produzira lesões internas. A ferida sangrava muito, mas Glenarvan, mexendo os dedos da mão e o antebraço, tranqüilizou os amigos quanto aos efeitos do tiro. Depois do curativo, era hora das explicações.

Os viajantes, com exceção de Mulrady e Wilson, que faziam às vezes de vigia, acomodaram-se dentro da carroça, enquanto o major era convidado a falar.

Antes de começar, Mac-Nabs pôs lady Helena a par da evasão de um bando de condenados de Perth, da sua aparição nas terras de Vitória, e da sua cumplicidade na catástrofe da ferrovia, coisas que ela ignorava. Mostrou-lhe também o número da *Australian and New Zeland Gazette* comprado em Seymour, e acrescentou que a polícia tinha posto a preço a cabeça de Ben Joyce, temível bandido, a quem dezoito meses de crimes haviam granjeado funesta celebridade.

Mas como é que Mac-Nabs reconhecera Ayrton como sendo o bandido? Este era o grande mistério.

Desde o primeiro dia em que o vira, Mac-Nabs desconfiara instintivamente de Ayrton. Dois ou três fatos quase insignificantes, um olhar trocado entre ele e o ferrador em Wimerra, a hesitação dele em atravessar cidades e aldeias, sua insistência em que se desse ordens para o *Duncan* aproximar-se da costa, a morte inexplicável dos animais confiados aos seus cuidados, e uma certa falta de franqueza no seu modo de agir, todas estas particularidades, agrupadas, tinham pouco a pouco despertado as suspeitas do major.

Ainda assim, se não fossem os acontecimentos da noite passada, ele não poderia formular uma acusação direta.

Deslizando por entre o bosque, Mac-Nabs chegou aos pés de vultos suspeitos, que acabavam de lhe despertar atenção a poucos metros do acampamento:

— Três homens examinavam vestígios sobre o solo, sinais de passos recentes, e entre eles eu reconheci o ferrador de Black-Point. "São eles", dizia um dos homens. "Sim, eis o sinal das ferraduras!", disse outro. "Este veneno é poderoso. Pode desmontar um regimento de cavalaria inteiro!", respondeu um terceiro. Depois disso, calaram-se, afastando-se. Eu ainda não sabia o suficiente, por isso os segui. Dali a pouco a conversa recomeçou: "Homem sábio o tal Ben Joyce! Esta invenção do naufrágio pode render uma fortuna!", disse o ferreiro. "Ele se chama assim porque mereceu o nome", respondeu um outro. Os bandidos saíram do bosque, e eu já sabia o que queria, portanto, retornei ao acampamento, com a certeza de que nem todos os caráteres se regeneram no clima moralizador da Austrália, apesar da opinião de Paganel.

O major calou-se, enquanto seus companheiros refletiam.

— Então – disse Glenarvan, pálido pela cólera, — Ayrton nos trouxe aqui para nos roubar e assassinar!

— Sim – respondeu o major.

— E desde o Wimerra que o seu bando nos segue, esperando uma ocasião favorável?

— Sim.

— Mas esse miserável não é marinheiro da *Britannia*? Roubou o nome e o contrato de bordo?

Todos os olhares se dirigiram para Mac-Nabs, que devia ter feito a si mesmo estas perguntas. Então ele disse, com sua voz serena de costume:

— Eis o que podemos deduzir desta situação. Na minha opinião, seu nome é mesmo Ayrton, e Ben Joyce é seu nome de guerra. É incontestável que ele conhece Harry Grant, e que foi contramestre do *Britannia*. Estes fatos, já provados pelas informações precisas do que Ayrton nos deu, também foi corroborado pelos integrantes do seu bando. Logo, podemos ter certeza de que Ben Joyce é Ayrton, como Ayrton é Ben Joyce, isto é, um marinheiro da *Britannia* que se tornou chefe de uma quadrilha.

As explicações de Mac-Nabs foram aceitas sem discussão.

— Pode me dizer como e porque o contramestre de Harry Grant se acha na Austrália? – redargüiu Glenarvan.

— Ignoro – respondeu Mac-Nabs, — e a polícia declara que não sabe nada a este respeito. Não sei porque, há nisto um mistério que o futuro explicará.

— A polícia nem sequer conhece a identidade de Ayrton e Ben Joyce – disse Mangles.

— Tem razão, John – replicou o major, — e tal particularidade poderia esclarecê-la em suas pesquisas.

— Então, o desgraçado introduziu-se no estabelecimento de Paddy O´Moore com alguma intenção criminosa? – perguntou lady Helena.

— Isso é fora de dúvida – respondeu Mac-Nabs. – Preparava algo contra o irlandês, quando se lhe ofereceu melhor negócio. O acaso promoveu nosso encontro. Ouviu sobre os nossos planos, e como homem audaz, prontamente decidiu tirar partido do que ouvia. No Wimerra falou com um dos seus, o ferreiro de Black-Point, e deixou vestígios da nossa passagem fáceis de reconhecer. O seu bando nos seguiu. Com uma planta venenosa pôde matar pouco a pouco os bois e cavalos. Depois, na ocasião propícia, nos atolou nos lamaçais do Snowy, e nos entregou ao seu bando.

Tudo o que havia a se dizer sobre Ben Joyce fora dito. O seu passado fora reconstruído pelo major, e o miserável aparecia tal qual era, um criminoso atrevido e temível. As suas intenções exigiam de Glenarvan vigilância extrema. Felizmente, havia menos a recear do bandido desmascarado, do que de um traidor.

Desta situação, deduzia-se uma conseqüência grave, na qual ninguém ainda pensara. Só Mary, deixando de discutir o passado, olhava para o futuro.

Mangles foi o primeiro a notar sua palidez e desespero, compreendendo o que se passava em seu espírito:

— Srta. Mary, está chorando! – exclamou.

— O que foi, minha filha? – perguntou lady Helena.

— Meu pai! Meu pai! – respondeu ela, simplesmente.

Não pôde continuar. Mas compreenderam então a imensa dor de Mary. A descoberta da traição de Ayrton aniquilava toda a esperança. O bandido, para levar Glenarvan consigo, imaginara um naufrágio. Pela conversa surpreendida por Mac-Nabs, os bandidos haviam sido claros. A *Britannia* nunca se despedaçara contra os recifes de Twofold-Bay! Harry Grant nunca pusera os pés no continente australiano!

A interpretação errônea do documento lançara numa pista falsa, pela segunda vez, os que procuravam a *Britannia*!

Perante esta situação, e perante a dor das duas crianças, todos guardaram silêncio. Quem poderia achar palavras de esperança? Robert chorava nos braços da irmã, enquanto Paganel, batendo na própria testa, murmurava zangado:

— Ah! Maldito documento! Pode gabar-se de ter submetido a duras provas o cérebro de meia dúzia de excelentes pessoas!

Glenarvan foi ter com Mulrady e Wilson. Profundo silêncio reinava na planície, e no céu acumulavam-se densas nuvens. A atmosfera parecia adormecida em profundo torpor, o menor ruído seria ouvido distintamente, e contudo nada se ouvia. Ben Joyce devia ter-se retirado com seu bando para uma boa distância, já que nem mesmo as aves davam sinais de inquietação.

— Nada? – perguntou Glenarvan aos dois marinheiros.

— Nada! Os bandidos devem estar bem longe daqui – respondeu Wilson.

— Decerto não eram numerosos o bastante para nos atacar – acrescentou Mulrady. – Ben Joyce deve ter ido recrutar bandidos da sua espécie entre os que vagueiam aos pés dos Alpes.

— É provável, Mulrady – retorquiu Glenarvan. – São maus e covardes. Sabem que estamos bem armados. Talvez esperem que anoiteça para nos atacar. Será melhor redobrarmos a vigilância para a noite. Se pudéssemos sair desta planície pantanosa e continuarmos para a costa! Mas o rio nos impede a passagem. Compraria a peso de ouro uma jangada que nos transportasse para a outra margem!

— Por que não construímos a jangada? – disse Wilson. – Madeira não falta.

— Não, Wilson – replicou Glenarvan. – O Snowy não é um rio fácil de se atravessar.

Mangles, o major e Paganel reuniram-se a Glenarvan. Acabavam de examinar o Snowy. Engrossadas pelas últimas chuvas, as águas tinham-se elevado ainda mais, formando uma corrente impetuosa. Era impossível meterem-se naquelas águas revoltas, onde em cada redemoinho se cava um abismo.

Mangles declarou a passagem impossível.

— Mas – acrescentou, — não devemos ficar aqui parados. O que se queria fazer, antes da traição de Ayrton, agora é mais necessário!

— O que quer dizer, John? – perguntou Glenarvan.

— Precisamos de socorro, urgente. Já que não podemos ir a Twofold-Bay, precisamos chegar a Melbourne. Resta-nos um cavalo, e se milorde permitir, eu irei até Melbourne.

— É uma tentativa perigosa, John – disse Glenarvan. – Não se falando nos perigos de uma viagem de trezentos quilômetros através de um país desconhecido, a estrada e os atalhos devem estar guardados pelos cúmplices de Ben Joyce.

— Eu sei, milorde, mas também sei que a situação não pode se prolongar. Ayrton só pedia oito dias para trazer aqui

Nem mesmo as aves davam sinais de inquietação.

os homens do *Duncan*. Eu pretendo voltar em seis dias às margens do Snowy. E então?

— Antes da resposta de Glenarvan – disse Paganel, — devo fazer uma observação. Que se vá a Melbourne, eu admito, mas que tais perigos fiquem reservados a Mangles, isso é que não! É o capitão do *Duncan*, e como tal não pode se arriscar. Eu irei em seu lugar.

— Muito bem, Paganel – observou o major. – E porque havia de ser o senhor.

— Não estamos aqui? – exclamaram Mulrady e Wilson ao mesmo tempo.

— E acham que uma corrida de trezentos quilômetros a cavalo seja coisa para me assustar – interrompeu Mac-Nabs.

— Meus amigos, se um de nós deve ir a Melbourne, que a sorte o designe. Paganel escreverá os nossos nomes...

— O seu não, milorde – interrompeu Mangles.

— Porque? — perguntou Glenarvan.

— Separar-se de lady Helena, o senhor, cuja ferida nem sequer está fechada!

— Glenarvan — disse Paganel, — não pode abandonar a expedição.

— Não — acrescentou o major, — o seu lugar é aqui, Edward não deve partir.

— Há decerto perigos a correr — replicou Glenarvan, — e não quero que a parte deles que me pertence fique para outro. Escreva, Paganel, misture meu nome com os dos meus companheiros, e permita Deus que seja ele o primeiro a sair.

Todos concordaram, e o nome de Glenarvan foi colocado junto com os outros. O sorteio, no entanto, designou Mulrady. O bravo marinheiro soltou um brado de satisfação:

— Milorde, estou pronto para partir.

Glenarvan apertou-lhe a mão, e voltou para a carroça, deixando ao major e a Mangles a guarda do acampamento.

Lady Helena ficou a par da resolução de se enviar um mensageiro a Melbourne. Disse a Mulrady palavras que tocaram o coração do valente marinheiro. Era um homem bravo, inteligente, robusto, capaz de resistir às maiores fadigas, e a sorte não podia ter escolhido melhor.

A partida de Mulrady foi marcada para as oito da noite. Wilson encarregou-se de preparar o cavalo. Lembrou-se de mudar a acusadora ferradura que o animal tinha na pata esquerda, substituindo-a pela ferradura de um dos cavalos que haviam morrido aquela noite. Os bandidos não poderiam reconhecer o rasto de Mulrady.

Enquanto Wilson se ocupava destas particularidades, Glenarvan tratou de preparar uma carta a Tom Austin; a ferida no braço, porém, dificultava-lhe os movimentos, e ele encarregou Paganel de escrever em seu lugar. O sábio, absorto numa idéia fixa, parecia alheio ao que se passava à sua volta. Paganel, no meio de toda esta série de desagradáveis desventuras, só pensava no papel erroneamente interpretado. Revolvia as palavras, tentando encontrar um novo sentido, permanecendo mergulhado em profundas elucubrações. Por isso não escutou o pedido de Glenarvan, que foi obrigado a repeti-lo.

— Ah! Muito bem — replicou Paganel, — estou pronto!

E falando assim, Paganel preparava maquinalmente o seu livro de apontamentos. Rasgou uma página em branco, depois, empunhando o lápis, dispôs-se a escrever. Glenarvan começou a ditar as seguintes instruções:

"Ordem a Tom Austin de se fazer ao mar sem demora e de conduzir o *Duncan*..."

Paganel acabava esta última palavra, quando os seus olhos se dirigiram, por acaso, para o número da *Australian and New Zealand Gazette,* que estava caída a seus pés. O jornal dobrado só deixava ver as duas últimas silabas do título. O lápis de Paganel parou, e o sábio pareceu esquecer completamente Glenarvan, a carta e o ditado.

— Então, Paganel? — disse Glenarvan.

— Ah! — exclamou o geógrafo dando um grito.

— O que foi? — perguntou o major.

— Nada! Nada! — respondeu Paganel.

Depois, em voz mais baixa, repetiu consigo mesmo: "aland, aland, aland!"

Levantara-se. Estava com o jornal na mão. Sacudia-o, procurando reter aquelas palavras que quase lhe escapavam dos lábios.

Lady Helena, Mary, Robert, Glenarvan, olhavam para ele sem compreender coisa alguma daquela inexplicável agitação.

Paganel parecia um homem que acabava de ter um ataque de loucura. Mas este estado de sobreexcitação não durou muito tempo. Foi pouco a pouco sossegando; a alegria que lhe brilhava nos olhos apagou-se; tornou a tomar o seu lugar e disse com voz serena:

— Quando quiser, milorde, estou às suas ordens.

Glenarvan retomou então o ditado:

"Ordem a Tom Austin de se fazer ao mar sem demora e de conduzir o *Duncan* por trinta e sete graus de latitude à costa oriental da Austrália..."

— Da Austrália? — disse Paganel. — Ah! Sim! Tem razão! da Austrália.

Depois concluiu a carta e deu-a a Glenarvan para assinar, que a assinou como pôde. A carta foi fechada e lacrada. Paganel, com a mão trêmula ainda de comoção, a sobrescritou:

Tom Austin,

Imediato a bordo do navio *Duncan*,

Melbourne.

Depois, saiu da carroça, gesticulando e repetindo estas palavras incompreensíveis:

— Aland! Aland! Zealand!

21
QUATRO DIAS DE ANGÚSTIA

O resto do dia passou-se sem outro acidente. Terminaram os preparativos para a partida de Mulrady, que se sentia feliz por sua prova de dedicação.

Paganel havia readquirido o sangue frio e os modos de costume. Seu olhar indicava ainda uma viva preocupação, mas parecia resolvido a conservá-la oculta. Decerto tinha fortes razões para agir assim, porque o major ouviu-lhe dizer várias vezes, como se lutasse consigo mesmo:

— Não! Não iriam me acreditar! E, para que? Já é tarde!

Tomada esta resolução, tratou de dar a Mulrady as informações necessárias para que ele chegasse a Melbourne. Traçou tudo num mapa, e não havia como Mulrady perder-se.

Quanto aos perigos, deixariam de existir a alguns quilômetros de distância do acampamento, onde Ben Joyce e o seu bando deviam estar emboscados. Logo que atravessasse o acampamento, Mulrady comprometia-se a ganhar dianteira aos bandidos, e realizar com êxito sua importante missão.

Às seis horas jantaram. Caía uma chuva torrencial, a barraca já não oferecia abrigo suficiente, e todos procuravam refúgio na carroça. Além disso, este abrigo era seguro. O barro tinha-a cravado no solo, ao qual aderia como uma fortaleza aos seus alicerces. O arsenal compunha-se de sete carabinas e de sete revólveres, e permitia-lhes sustentar um longo cerco, porque víveres e munição não faltavam. Em menos de seis dias o *Duncan* chegaria à baía de Twofold. Vinte e quatro horas depois, a tripulação chegaria à margem direita do Snowy, e se a passagem ainda não fosse possível, os bandidos teriam que recuar diante de forças superiores. Mas para isso, era preciso primeiro que Mulrady se saísse bem da sua perigosa missão.

Às oito a noite estava bem escura, e era o momento oportuno para partir. Foram buscar o cavalo, que por precaução, trazia as patas embrulhadas em pano, para não fazer ruído. O cavalo parecia cansado, e no entanto, da firmeza e vigor de suas pernas dependia a salvação de todos. O major aconselhou a Mulrady que o poupasse, assim que se visse fora do alcance dos bandidos. Mais valia um dia de atraso do que não chegar ao destino.

Mangles entregou ao marinheiro um revólver, que ele acabara de carregar com o maior cuidado. E Glenarvan entregou-lhe a carta, destinada a Tom Austin:

— Agora vai, meu valente marinheiro, e que Deus te guie!

Todos apertaram a mão de Mulrady. Partir assim, numa noite escura e chuvosa, por uma estrada cheia de perigos, através da imensidão de um deserto desconhecido, era para impressionar um coração menos firme que o do marinheiro.

— Adeus, milorde – disse ele com voz serena, desaparecendo rapidamente nas sombras da noite.

A fúria do vendaval aumentava. Os ramos dos eucaliptos batiam uns contra os outros. Ouvia-se cair a ramagem no solo encharcado. Mais de uma árvore gigantesca, caiu durante a borrasca. O vento uivava, misturando seus sinistros gemidos com o bramir do Snowy. As densas nuvens, acossadas para leste, quase lambiam a terra com seus farrapos de vapores. Uma densidade lúgubre aumentava o horror da noite.

Depois de Mulrady partir, os viajantes foram para a carroça. Lady Helena, Mary, Glenarvan e Paganel ocupavam o primeiro compartimento, hermeticamente fechado. No segundo, Olbinett, Wilson e Robert tinham arranjado um abrigo suficiente. Fora, estavam de vigia Mangles e o major. Era uma precaução necessária, porque um ataque dos bandidos era possível.

Os dois corajosos homens suportavam filosoficamente o frio, procurando atravessar com o olhar aquelas trevas propícias às emboscadas, porque o ruído da tempestade, os uivos do vento e o estalar dos ramos, tornava difícil distinguir algum outro ruído.

Pequenos intervalos de sossego, no entanto, intercalavam-se de quando em quando. O vento calava-se para tomar fôlego. Enquanto durava aquela tranqüilidade instantânea, parecia mais profundo o silêncio. O major e Mangles punham-se então à escuta.

Foi num daqueles momentos de calmaria que ouviram um forte assobio.

— Ouviu? – perguntou Mangles, aproximando-se do major.

— Ouvi — respondeu Mac-Nabs. — Foi um homem ou um animal?

— Foi um homem — respondeu John Mangles.

Puseram-se ambos à escuta. O inexplicável assobio repetiu-se, e algo como uma detonação lhe respondeu, porém quase imperceptível, porque a tempestade bramia com mais violência. Mac-Nabs e Mangles não podiam ouvir um ao outro, e aproximaram-se da carroça.

As cortinas do veículo levantaram-se de mansinho, e Glenarvan veio reunir-se a eles. Escutara também o sinistro silvo e a detonação.

— Em que direção foi? – perguntou ele.

— Naquela — disse John indicando o sombrio atalho que Mulrady tomara.

— A que distância?

— A avaliar pela direção do vento — respondeu Mangles, — deve ter sido a cinco quilômetros pelo menos.

— Então vamos! — disse lorde Glenarvan, pondo a carabina ao ombro.

— Não! — replicou o major. — É uma armadilha, para nos afastarem do carro.

199

— E se Mulrady foi vítima desses miseráveis! — volveu Glenarvan.

— Amanhã saberemos — retorquiu friamente o major, resolvido a impedir que Glenarvan cometesse uma imprudência.

— Não pode abandonar o acampamento, milorde — disse John; — eu irei só.

— Também não! — replicou Mac-Nabs com energia. — Quer que nós, um a um, diminuamos as nossas forças, e nos ponhamos à mercê dos malfeitores? Se Mulrady foi vítima deles, é uma desgraça que não se deve agravar com uma segunda. Mulrady partiu designado pela sorte. Se o acaso designasse a mim, partiria como ele, mas não pediria nem esperaria socorro.

O major tinha razão. Tentarem aproximar-se do marinheiro, arriscarem-se numa noite tão tenebrosa, ao encontro de bandidos emboscados em alguma moita, era inútil, insensato. O pequeno bando de Glenarvan não era tão grande que pudesse sacrificar mais alguém.

Glenarvan não parecia disposto a conformar-se. Pôs-se a girar em volta da carroça, atento ao menor ruído. Procurava atravessar com o olhar aquela escuridão sinistra. A idéia de que um dos seus estava talvez mortalmente ferido, privado de socorro, atormentava-o. Mac-Nabs não sabia se conseguiria detê-lo, se Glenarvan, arrastado pelos impulsos do seu coração, não se iria expor aos golpes de Ben Joyce.

— Edward – disse o major, — sossegue. Escute um amigo. Pense em lady Helena, em Mary, em todos os que restam! Demais, aonde quer ir? Onde encontrar Mulrady? É a cinco quilômetros daqui que foi atacado! Em que ponto? Que direção tomar?...

Neste momento, e como resposta ao major, ouviu-se um grito de aflição.

— Escute! — disse Glenarvan.

Este grito partia do lado de onde soara a detonação, a poucos metros.

Glenarvan, repelindo Mac-Nabs, avançava já pelo caminho, quando a trezentos passos da carroça ouviram distintamente estas palavras:

— Acudam-me! Acudam-me!

Era uma voz desesperada. Mangles e o major correram na sua direção.

Instantes depois, avistaram ao longo do matagal uma forma humana que se arrastava e soltava lúgubres gemidos.

Era Mulrady, ferido, moribundo, e quando os companheiros o levantaram sentiram as mãos molhadas de sangue.

A chuva caía com mais força, e o vento desencadeava-se violento. Mangles transportou o corpo de Mulrady.

Quando ele chegou, todos se levantaram. Paganel, Robert, Wilson e Olbinett saíram do carro, e lady Helena cedeu o seu compartimento a Mulrady. O major tirou a roupa do marinheiro escorrendo sangue e chuva. Era uma punhalada que o infeliz recebera no lado esquerdo.

Mac-Nabs não poderia dizer se a ferida atingira algum órgão essencial. Saía dela, aos borbotões, muito sangue; a palidez e a fraqueza do ferido provavam que era grave o ferimento. O major lavou a ferida com água fresca, e fez uma atadura, conseguindo estancar a hemorragia, enquanto lady Helena o fazia beber alguns goles de água.

Alguns minutos depois, o ferido, imóvel até ali, fez um movimento, entreabrindo os olhos. Murmurou algumas palavras sem nexo, repetindo?

— Milorde... a carta... Ben Joyce...

O que Mulrady queria dizer? Ben Joyce atacara o marinheiro, mas seria somente para impedi-lo de chegar ao *Duncan*? E a carta?

Glenarvan revistou Mulrady, mas não encontrou a carta dirigida a Tom Austin!

Passaram a noite em meio de inquietações e angústias. A cada instante receavam que o ferido morresse. Consumia-o uma febre ardente. Lady Helena e Mary não o abandonavam, e nunca um doente foi tão bem tratado, e por mãos tão caridosas.

Amanheceu. A chuva cessara. Na profundidade do céu ainda corriam grossas nuvens. O solo estava juncado de galhos. O barro, encharcado pela chuva, cedera mais ainda, mas a carroça não podia atolar mais do que já estava atolada.

Mangles, Paganel e Glenarvan foram, ao romper do dia, fazer um reconhecimento em torno do acampamento. Foram pelo caminho ainda manchado de sangue, mas não viram vestígios de Ben Joyce e seu bando. Chegaram até o local da emboscada. Ali jaziam dois cadáveres, mortos por Mulrady. Um era o do ferrador de Black-Point.

Glenarvan não levou mais longe suas investigações. A prudência não lhe permitia que se afastasse. Voltou para a carroça, absorto pela gravidade da situação.

— Não podemos enviar outro mensageiro a Melbourne – disse ele.

— Mas precisamos, milorde – retorquiu Mangles. – Eu tentarei passar por onde...

— Não, John. Você não tem sequer um cavalo.

De fato, o cavalo de Mulrady não tornara a aparecer. Teria sido morto pelos assassinos? Ou correria perdido através dos desertos? Ou teria sido capturado pelos bandidos?

— Aconteça o que acontecer – disse Glenarvan, — não vamos nos separar mais. Esperemos oito, quinze dias, que as águas do Snowy voltem ao nível normal. Então, com pequenas jornadas, chegaremos à baía Twofold, e de lá mandaremos, de modo mais seguro, uma ordem para o *Duncan* se aproximar da costa.

— Realmente, é a única solução – replicou Paganel.

— Meus amigos, não vamos mais nos separar! – prosseguiu Glenarvan. – Um homem corre grande perigo em se aventurar só neste deserto infestado de temíveis bandidos. E agora, que Deus salve o nosso pobre marinheiro, e também nos proteja!

Glenarvan tinha duplamente razão em impedir qualquer tentativa isolada, e de esperar pacientemente nas margens do Snowy por um modo de passar. Sessenta quilômetros o separavam de Delegete, a primeira cidade da fronteira da Nova Gales do Sul, onde acharia os meios de transporte para chegar a Twofold-Bay. Daí mandaria para Melbourne, pelo telégrafo, as ordens relativas ao *Duncan*.

Era prática esta resolução, mas tardia. Se Glenarvan não tivesse enviado Mulrady pela estrada de Lucknow, quantas desgraças teria evitado, sem falar do ferimento do marinheiro!

Voltando ao acampamento, encontraram os companheiros menos preocupados, mais esperançosos.

— Está melhor! Está melhor! – exclamou Robert, correndo ao encontro de Glenarvan.

— Mulrady?...

— Sim, Edward – respondeu lady Helena. – Ele está reagindo. O major está mais sossegado. Nosso marinheiro irá sobreviver.

— Onde está Mac-Nabs? – perguntou Glenarvan.

— Ao pé dele. Mulrady quer falar-lhe.

De fato, havia uma hora, o ferido saíra do seu letargo, e a febre diminuíra. Mas o primeiro cuidado de Mulrady ao recobrar a memória e a palavra, foi perguntar por lorde Glenarvan, ou, na falta dele, pelo major. Mac-Nabs, vendo-o tão fraco, queria proibir-lhe que falasse, mas o marinheiro insistiu com tal energia, que o major teve de ceder.

A conversa já durava alguns minutos, e Glenarvan teve que esperar pelo relatório do major.

Mac-Nabs veio encontrar os amigos ao pé da árvore onde a barraca estava armada. O seu rosto, geralmente sereno, denunciava grave preocupação. Quando seus olhos encontraram-se com os de lady Helena e de Mary, exprimiram dolorosa tristeza.

O major então resumiu o que acabara de escutar: ao sair do acampamento, Mulrady seguiu um dos caminhos indicados por

Paganel. Apressava o passo tanto quanto lhe permitia a escuridão da noite. Segundo seu cálculo, já havia percorrido uns cinco quilômetros, quando cerca de cinco homens se arremessaram sobre o cavalo, que empinou. Mulrady pegou o revólver e abriu fogo. Pareceu-lhe que dois dos atacantes caíam. Ao clarão do tiro, reconheceu perfeitamente Ben Joyce, mas nada pôde fazer. Não teve tempo de atirar novamente. Deram-lhe um violento golpe no lado direito, que o derrubou.

Não perdera os sentidos, porém. Mas os assassinos julgavam-no morto. Sentiu que o revistavam, e escutou um deles dizer: "Aqui está a carta!", ao que Ben Joyce replicou: "Dê-me! Agora, o *Duncan* nos pertence! Agora, peguem o cavalo. Dentro de dois dias estarei a bordo do *Duncan*, dentro de seis na baía Twofold. Ali é que é o ponto de encontro. Por essa época, o pessoal de Glenarvan ainda estará preso no pântano do Snowy. Passem o rio na ponte de Kemple-pier, dirijam-se à costa e me esperem. Vou achar um meio de os introduzir à bordo. Uma vez a tripulação no mar, com um navio como o *Duncan*, ficaremos senhores do oceano Índico!". Os bandidos então explodiram em vivas para o chefe. Trouxeram o cavalo de Mulrady, e Ben Joyce desapareceu a galope pela estrada de Lucknow, enquanto o bando alcançava a sueste o Snowy. Apesar de gravemente ferido, Mulrady teve forças para se aproximar do acampamento quase morto.

Estas revelações encheram de terror Glenarvan e os seus companheiros.

— Piratas! Piratas! — exclamou Glenarvan. — A minha tripulação sacrificada! O meu navio, o meu *Duncan*, nas mãos desses bandidos!

— Sim! Porque Ben Joyce surpreenderá o navio — replicou o major, — e então...

— Precisamos chegar à costa antes que esses miseráveis! disse Paganel.

— Mas de que modo atravessaremos o Snowy? — perguntou Wilson.

— Como eles: pela ponte de Kemple-pier – respondeu Glenarvan.

— Mas, o que vai ser do pobre Mulrady? – objetou lady Helena.

— Vamos transportá-lo. Mas não posso entregar minha tripulação indefesa ao bando de Ben Joyce!

A idéia de atravessar o Snowy pela ponte de Kemple-pier era possível, mas arriscada. Os bandidos podiam estabelecer-se naquele ponto, e defendê-lo. Seriam pelo menos trinta, contra sete! Mas há momentos em que se precisa avançar a todo o transe!

— Milorde – disse então Mangles, — antes de arriscarmos nossa última probabilidade de êxito, é melhor fazer um reconhecimento. Eu me encarrego disso.

— Eu o acompanharei, John – acrescentou Paganel. – Iremos ambos.

A proposta foi aceita, e Mangles e Paganel prepararam-se. Devia descer o Snowy, seguir à beira dele, até encontrar o local indicado por Ben Joyce, e principalmente ocultarem-se dos bandidos, que deviam andar batendo as margens.

Abastecidos de víveres e bem armados, os dois corajosos companheiros partiram, metendo-se por entre os grandes canaviais do rio.

Esperou-se todo o dia seu regresso, e ao cair da noite, não tinham voltado. Finalmente, por volta das onze, Wilson deu sinal da sua chegada. Mangles e Paganel vinham muito cansados, depois de uma caminhada de quase vinte quilômetros.

— A ponte! A ponte existe? – perguntou Glenarvan, correndo para eles.

— Sim! Uma ponte de cipós – disse Mangles. – Os bandidos a atravessaram de fato. Mas...

— Mas?... – exclamou Glenarvan, pressentindo nova desgraça.

— Queimaram-na depois de a atravessar! – respondeu Paganel.

22

ÉDEN

Não era ocasião para se entregarem ao desespero, mas para tomarem uma resolução. Se a ponte estava destruída, urgia encontrarem outra forma de atravessar o Snowy, custasse o que custasse, e tomar a dianteira ao bando de Ben Joyce, no caminho de Twofold-Bay. Por isso, não perderam tempo em palavras inúteis, e no dia seguinte, 16 de janeiro, Mangles e Glenarvan foram observar o rio, a fim de organizarem a passagem.

As águas tumultuosas e barrentas não baixavam, revolvendo-se em torvelinhos de furor indescritível. Tentar atravessar, era enfrentar a morte, e Glenarvan, de braços cruzados e cabeça baixa, permanecia imóvel.

— Vou tentar nadar até a outra margem! — disse Mangles.

— Não, John, vamos esperar! — respondeu Glenarvan, contendo o ousado rapaz.

E voltaram para o acampamento. Passaram o dia na mais viva angústia. Dez vezes Glenarvan voltou ao Snowy, tentando achar algum meio menos arriscado de o atravessar. No entanto, foi em vão.

Durante estas longas horas perdidas, lady Helena cuidava do doente, orientada por Mac-Nabs. Lady Helena o obrigou a ocupar o primeiro compartimento da carroça, o que deixou Mulrady muito envergonhado. Sua maior preocupação era pensar que seu estado podia atrasar Glenarvan, e foi preciso prometerem-lhe que o deixariam no acampamento, sob a vigilância de Wilson, se fosse possível atravessar o Snowy.

Infelizmente, a passagem não se tornou possível nem naquele dia, nem no seguinte, 17 de janeiro. Ver-se assim preso desesperava Glenarvan. Lady Helena tentava acalmá-lo, pedindo-lhe paciência, mas em vão. Como ter paciência, se naquele momento talvez Ben Joyce chegava a bordo do navio!

Mangles sentia no coração todas as angústias de Glenarvan. Por isso, querendo vencer a todo custo o obstáculo, construiu uma canoa à moda australiana, com grandes pedaços de casca das gomeiras. Estas chapas, muito leves, eram seguras por barrotes de madeira, formando uma embarcação bem frágil.

No dia 18, Mangles e Wilson experimentaram a canoa. Tudo quanto podiam a habilidade, força, destreza e coragem, eles fizeram. Mas foi a conta de se encontrarem em meio da corrente, a embarcação virou, e por pouco eles não pagaram com a vida a temerária experiência. A embarcação, levada pelo redemoinho, desapareceu.

Os dias 19 e 20 foram perdidos nesta situação ainda. O major e lorde Glenarvan subiram o Snowy cerca de quinze quilômetros, sem encontraram uma única passagem. Por toda parte havia a mesma impetuosidade das águas. Toda a vertente meridional dos Alpes australianos derramava naquele único leito suas massas líquidas.

Era preciso perder a esperança de salvar o *Duncan*. Cinco dias tinham decorrido depois que Ben Joyce partira. O navio já devia estar na costa, em poder dos bandidos!

Era impossível, contudo, prolongar-se naquela situação. As cheias temporárias duram pouco, em razão mesmo da sua violência. De fato, Paganel, na manhã do dia 21, observou que as águas começavam a baixar, participando a Glenarvan este fato.

— O que importa? Já é tarde! — exclamou Glenarvan.

— Isso não é razão para prolongar a nossa estada no acampamento — replicou o major.

— De fato — observou Mangles. — Amanhã, talvez, encontremos uma passagem.

— E isso salvaria minha tripulação? — exclamou Glenarvan.

— Milorde, eu conheço Tom Austin. Deve ter executado suas ordens, e partido logo que foi possível. Mas não sabemos se as avarias já estavam reparadas, quando Ben Joyce chegou! E se o navio teve um ou dois dias de atraso?

— Tem razão, John, precisamos chegar à baía Twofold. Estamos a apenas a sessenta quilômetros de Delegete!

— Sim — disse Paganel, — e nessa cidade acharemos meio de transporte! Quem sabe ainda não chegamos a tempo para evitar a desgraça?

— Partamos! — exclamou Glenarvan.

Mangles e Wilson trataram de construir uma embarcação maior. Sabendo que os pedaços de cortiça não resistiam à violência da torrente, John derrubou alguns troncos de gomeiras, com a qual fez uma jangada grosseira, mas sólida. O trabalho foi demorado, e só o concluíram no dia seguinte.

As águas do Snowy tinham descido sensivelmente. Voltava a ser um rio, ainda que de curso rápido. Mas, cortando-o obliquamente, John esperava alcançar a margem oposta.

Por volta da uma da tarde, os viajantes embarcaram o que podiam levar de víveres para um trajeto de dois dias. O resto foi abandonado, junto com a carroça e a barraca. Mulrady já se sentia forte o suficiente para ser transportado sem perigo.

Então, todos tomaram lugar na jangada. Mangles estava a estibordo, e confiou a Wilson uma espécie de remo para sustentar o aparelho contra a corrente, impedindo-o de cair. Quanto a ele, em pé na popa, contava dirigir-se por meio de uma espécie de leme bem rude. Lady Helena e Mary Grant ocupavam o centro da jangada, junto de Mulrady; Glenarvan, o major, Paganel e Robert rodeavam-nos, prestes a prestar-lhes socorro.

— Estamos prontos, Wilson? — perguntou Mangles ao seu marinheiro.

— Sim, capitão — respondeu Wilson, agarrando no remo.

— Atenção, e agüentemo-nos contra a corrente.

Mangles desamarrou a jangada, e com um só impulso lançou-se através das águas do Snowy. Tudo correu bem durante alguns metros. Mas dali a pouco o aparelho achou-se envolvido no redemoinho, e girou sobre si mesmo sem que o leme nem o remo o pudessem conservar em linha reta. Apesar dos seus esforços, Wilson e Mangles bem depressa se acharam numa posição inversa, que tornou impossível a ação dos remos.

Tiveram de se resignar. Não havia meio de impedir aquele movimento giratório. Redemoinhava com vertiginosa rapidez, e descaía cada vez mais. John, em pé, pálido, os dentes cerrados, olhava com raiva para a água temerosamente revolta!

A jangada chegou ao meio do Snowy. Estava meio quilômetro abaixo do ponto de partida. Aí a corrente era forte, e como destruía o redemoinho, a jangada adquiriu alguma estabilidade.

John e Wilson muniram-se outra vez dos remos e conseguiram impelir o aparelho em direção oblíqua. A manobra conseguiu aproximá-los da margem esquerda. Não estavam ainda a cinqüenta metros quando o remo de Wilson partiu. Na falta deste auxílio, a jangada foi levada pela corrente. John quis resistir, em perigo de quebrar o leme. Wilson, com as mãos ensangüentadas, juntou os seus esforços ao dele.

Afinal conseguiram o que pretendiam, e a jangada, depois de uma travessia que durou mais de meia hora, veio bater na outra margem. O choque foi violento; os troncos desligaram-se, as cordas quebraram, a água entrou na canoa. Os viajantes só tiveram tempo de se agarrar às moitas que se debruçavam para a água. Puxaram para si Mulrady e as duas senhoras meio ensopadas. Todos conseguiram salvar-se, mas a maior parte das provisões embarcadas e as armas, exceto a carabina do major, foram levadas pela água com os restos da canoa.

Haviam atravessado o rio. A pequena caravana estava quase sem recursos, a sessenta quilômetros de Delegete, no meio dos desertos desconhecidos da fronteira vitoriana. Não encontraram ali nem colonos nem pecuaristas, porque a região é infestada por salteadores.

Resolveram partir sem demora. Mulrady viu que só serviria de embaraço; pediu para ficar, e ficar até só, à espera de que viessem os socorros de Delegete.

Glenarvan recusou. Não podia chegar a Delegete em menos de três dias, à costa em menos de cinco, isto é, no dia 26 de janeiro. Desde o dia 16 que o *Duncan* saíra de Melbourne. Que lhe importavam agora algumas horas de demora?

— Não, meu amigo — disse ele ao corajoso marinheiro, — não vou abandonar ninguém. Faremos uma padiola!

A padiola foi construída de troncos de eucaliptos cobertos de ramos, e, com vontade ou sem ela, Mulrady teve de tomar lugar na padiola. Glenarvan quis ser o primeiro a conduzir o seu marinheiro. Pegou numa extremidade da padiola, Wilson na outra, e puseram-se a caminho.

Que triste espetáculo, como acabava mal aquela viagem tão bem começada! Já não iam em busca de Harry Grant; aquele continente onde ele não estava, onde ele nunca esteve, ameaçava ser fatal para os que procuravam os seus vestígios. E quando os seus ousados compatriotas chegassem à costa australiana, nem o *Duncan* encontrariam para os reconduzir à pátria!

Foi penoso aquele dia. De dez em dez minutos revezavam-se na condução da padiola. Todos os companheiros se impunham, sem se queixar, aquela fadiga, agravada ainda por um calor intenso.

À noite, depois de terem andado somente oito quilômetros, acamparam debaixo de um grupo de gomeiras. O resto das provisões, que escapara ao naufrágio, constituiu a refeição noturna. Mas já não podiam contar senão com a carabina do major.

A noite foi péssima, e a chuva concorreu para isso. O dia pareceu custar a aparecer. Tornaram a colocar-se a caminho. O major não pôde dar um só tiro. Aquela funesta região era pior que um deserto, porque nem os animais a freqüentavam.

Por sorte, o jovem Robert descobriu um ninho de betardas com uma dúzia de ovos que Olbinett cozeu em cinzas-quentes. Com alguma beldroegas que vegetavam no fundo de um desfiladeiro, os ovos formaram o almoço do dia 22.

O trajeto tornou-se extremamente difícil. As planícies arenosas eram eriçadas de uma erva espinhosa que tem em Melbourne o nome de porco-espinho. Rasgava as roupas e punha as pernas em sangue. As mulheres não se queixavam; caminhavam corajosamente, davam o exemplo, animavam uns e outros com o exemplo e o olhar.

À noite pararam ao pé do monte Bulla-Bulla, às margens do riacho Jungalla. A refeição teria sido terrível, se Mac-Nabs não matasse grande rato, que goza de excelente reputação, sob o ponto de vista alimentar. Olbinett o assou, e se ele fosse do tamanho de um carneiro, nem assim teria sobrado alguma coisa.

No dia 23, os viajantes, fatigados, mas sempre enérgicos, puseram-se a caminho. Depois de darem uma volta junto à base da montanha, atravessaram extensas campinas cuja erva parecia feita de barbas de baleia. Era um entrançado de dardos, um silvado de baionetas agudas, onde se tinha de abrir o caminho, ora a machado, ora a fogo.

Naquela manhã nem comeram. Nada tão árido quanto aquela região semeada de pedaços de quartzo. Não foi só a fome que atormentou os viajantes, mas também a sede. Os viajantes não conseguiam fazer nem meio quilômetro por hora. Se aquela privação de alimentos e água se prolongasse até a noite, cairiam no caminho, para não mais se levantarem.

Mas quando tudo falta ao homem, no momento em que ele pensa que é chegada a hora de sucumbir à dor, manifesta-se então a intervenção da Providência.

A água apareceu na forma dos "cefalotos", espécie de taças cheias de um líquido salutar, que pendiam dos ramos de arbustos coraliformes. Todos saciaram a sede, e sentiram-se reanimar.

O alimento era aquele que sustenta os indígenas, quando a caça, os insetos e as serpentes lhes faltam. Paganel descobriu no leito de um riacho já seco, uma planta cujas propriedades excelentes lhe tinham sido descritas muitas vezes por um de seus colegas da sociedade de geografia.

Era o nardo, criptógamo da família das marsiliáceas, aquele mesmo que prolongou a vida a Burke e a King nos desertos do interior. Debaixo das suas folhas, semelhantes às do trevo, cresciam uns espórulos secos. Estes espórulos, do tamanho de uma lentilha, foram esmagados entre duas pedras e produziram uma espécie de farinha, com que fizeram um pão ordinário, que lhes acalmou a fome. Encontrava-se por ali abundantemente aquela planta. Olbinett pôde por isso apanhar grande quantidade dela, e o alimento durou para muitos dias.

No dia seguinte, 24, Mulrady fez uma parte do caminho a pé. Tinha a ferida quase cicatrizada. A cidade de Delegete estava só a dezesseis quilômetros, e à noite acamparam por 149° de longitude, mesmo na fronteira da Nova Gales do Sul.

Uma chuva fina e penetrante caía havia algumas horas. Não teriam abrigo nenhum, se, por acaso, Mangles não houvesse descoberto uma choça de serradores, abandonada e em ruínas. Tiveram de se contentar com aquele miserável abrigo de ramos e de colmo. Wilson quis acender fogo a fim de preparar o pão de nardo, e foi apanhar lenha. Mas quando tentou atear fogo àquela lenha, não o conseguiu. A grande quantidade de matéria aluminosa que ela encerrava obstava a toda a combustão. Era a lenha incombustível de que Paganel falara na sua estranha nomenclatura dos produtos da Austrália.

Tiveram de passar sem fogo, e portanto sem pão, e dormir com as roupas úmidas, enquanto as aves que riem, ocultas nos ramos mais altos, pareciam zombar dos infelizes viajantes.

Glenarvan chegava ao termo dos seus sofrimentos. Era tempo. As duas jovens faziam heróicos esforços, mas as forças iam-nas abandonando. Já não andavam; arrastavam-se.

No dia seguinte a caravana pôs-se a caminho logo ao romper do dia. Às onze horas apareceu Delegete, no condado de Wellesley, a oitenta quilômetros da baía Twofold.

As mulheres não se queixavam; caminhavam corajosamente, davam o exemplo, animavam uns e outros com o exemplo e o olhar.

Ali, os meios de transporte foram rapidamente organizados. Ao sentir-se tão perto da costa, Glenarvan recuperou a esperança. Talvez tivesse havido algum atraso, e ele chegasse primeiro que o *Duncan!* Em vinte e quatro horas podia alcançar a baía!

Ao meio dia, depois de uma sólida refeição todos os viajantes, instalados numa diligência, deixaram Delegete ao galope de cinco vigorosos cavalos.

Os pontilhões, estimulados pela promessa de uma gorjeta principesca, faziam voar a carruagem sobre uma estrada bem conservada. Nas mudas que se sucediam de vinte em vinte quilômetros, não perdiam dez minutos. Parecia que Glenarvan lhes tinha comunicado o ardor que o devorava.

Durante todo o dia e toda a noite correram assim, na razão de dez quilômetros por hora.

No dia seguinte, ao nascer do sol, um murmúrio abafado anunciou a proximidade do oceano Índico. Foi preciso correr a baía toda em volta para chegarem ao paralelo trinta e sete, precisamente ao ponto onde Tom Austin devia esperar a chegada dos viajantes.

Quando o mar apareceu, todos os olhares se dirigiram para o largo, esquadrinhando o espaço. Por um milagre da Providência estaria ali o *Duncan*, bordejando, como um mês antes na altura do cabo Corrientes, próximo das costas argentinas?

Não se via nada. Céu e mar confundiam-se num mesmo horizonte. Nem uma vela sequer animava aquela vasta extensão.

Restava ainda uma esperança. Talvez Tom Austin julgasse dever deitar ferro na baía Twofold, porque o mar estava grosso, e um navio não podia agüentar-se em tais ancoradouros.

— Para Éden! — disse Glenarvan.

No mesmo instante, dirigiram-se para a pequena cidade de Éden, à distância de oito quilômetros.

Os pontilhões pararam perto do farol fixo que indica a entrada do porto. No ancoradouro estavam alguns navios, mas nenhum ostentava no penol da carangueja o pavilhão de Malcolm.

Glenarvan, Mangles e Paganel apearam-se, correram à alfândega, interrogaram os empregados e consultaram o registro dos navios chegados nos últimos dias.

Havia uma semana que nenhum navio entrara na baía.

— Não partiu ainda? — exclamou lorde Glenarvan, que, por uma dessas mudanças tão fáceis no coração não queria perder de todo a esperança. — Talvez chegássemos antes dele!

Mangles abanou a cabeça. Conhecia Tom Austin. O seu imediato não era homem que demorasse dez dias no cumprimento de qualquer ordem.

— Quero saber por onde me hei de regular — disse Glenarvan. — Mais vale a certeza do que a dúvida!

Dali a um quarto de hora mandava um telegrama ao síndico do porto de Melbourne.

Em seguida, os viajantes foram para o hotel *Vitória*.

Às duas horas foi entregue um despacho telegráfico a lorde Glenarvan:

"Lorde Glenarvan, Éden,

"Twolfod-Bay.

"*Duncan* partiu a 18 do corrente para destino desconhecido.

"J. Andrew . S. B."

O despacho caiu das mãos de Glenarvan.

Não restava dúvida alguma! O honrado navio escocês tornara-se, nas mãos de Ben Joyce, um navio de piratas!

Assim acabava aquela travessia da Austrália, começada debaixo de tão favoráveis auspícios. Os vestígios do capitão Grant e dos náufragos pareciam irrevogavelmente perdidos; este mau êxito custava a vida de uma tripulação inteira; lorde Glenarvan sucumbia na luta, e o corajoso pesquisador, cuja marcha os elementos conjurados contra ele não tinham podido suspender nos Pampas, acabava-o a perversidade dos homens de vencer no continente australiano.

Este livro *Austrália Meridional — OS FILHOS DO CAPITÃO GRANT II* é o volume n° 9 da coleção *Viagens Extraordinárias — Obras Completas de Júlio Verne*. Impresso na Editora Gráfica Líthera Maciel Ltda, à Rua Simão Antônio, 1.070 — Contagem, para a Villa Rica Editoras Reunidas Ltda, à Rua São Geraldo, 53 — Belo Horizonte. No Catálogo Geral leva o número 06071/1B. ISBN: 85-7344-525-4